家装 设计面面观

温馨型家居装修指南

王军 主编

科学出版社

内 容 简 介

　　本书针对较为中档的家庭装修，涵盖客厅、卧室、厨房、卫生间、阳台等空间，全面介绍了温馨型家居装修中风格设计、空间布置、材料应用以及完整的实际案例，提供了全面、立体的参考信息。将百姓装修全过程中的各个知识点，以轻快实用的语言表述出来，舍弃繁杂的外围知识结构，只选用最简洁实用的核心知识，以一个一个实用的小知识点串成完整的家装过程。

　　本书针对温馨型家居的设计特点，详细介绍了其装修过程中的要点、风格以及细化到各个空间的装修和装饰知识。全书以图文结合的形式，亦图亦文，通过图片来展示温馨型家居装修的不同设计方案，而以文字来描述温馨型家居的装修要点及各种相关知识，使读者在翻阅大量图片信息的同时，又能够不离开文字叙述的脉络，从而在最大程度上理解温馨型家居装修的特点及要点。

图书在版编目（CIP）数据

温馨型家居装修指南 / 王军主编 . — 北京 ： 科学
出版社， 2011.4
　（家装设计面面观）
　ISBN 978-7-03-030539-8

　Ⅰ．①温… Ⅱ．①王… Ⅲ．①住宅－室内装修－建筑
设计 Ⅳ．① TU767

中国版本图书馆 CIP 数据核字 (2011) 第 040290 号

责任编辑：王海霞 温振宁 / 责任校对：杨慧芳
责任印刷：新世纪书局

科 学 出 版 社 出版

北京东黄城根北街 16 号
邮政编码：100717
http://www.sciencep.com

中国科学出版集团新世纪书局策划
北京市艺辉印刷有限公司印刷
中国科学出版集团新世纪书局发行　　各地新华书店经销

*

2011 年 4 月 第 一 版　　开本：16 开
2011 年 4 月第一次印刷　　印张：7.5
印数：1—4 000　　　　　　字数：150 000

定价：25.00 元

（如有印装质量问题，我社负责调换）

前言

PREFACE

　　装修是由多方面因素综合体现的，时尚的设计、优秀的材料只是体现装修品质的一个组成部分，而将这两部分通过设计融洽地合为一体，使整个居室显得和谐，才是真正的高品位体现。因此不妨在设计装修前，好好考虑一下自己到底需要一个怎样的家。

　　一般来说，家居装修分为实用型、温馨型和华丽型三种。

　　实用型装修就是在有限的空间内，能够最大限度地完善家庭生活的功能，以达到科学地利用空间，拥有洁净安全的居住环境、方便舒适的日常生活设施的目的。对于预算有限的工薪阶层来说，实用型装修无疑是首选。

　　温馨型装修是在满足功能要求的前提下，使各种室内物体的形、色、光、质等组合得到协调，成为一个非常协调、舒适的整体。温馨家居能使人们在视觉上，心理上获得宁静、平和的满足，非常适合生活紧张忙碌的都市人。

　　华丽型装修是设计艺术、优质材料和先进工艺的完美组合。它绝不等同于高级饰材的堆砌，而是设计师与业主经过深思熟虑后，共同创作出的几近完美的作品。关注装修中的每一个细节，无论是设计还是用材、施工，每一个细节的处理都一丝不苟。对于预算充裕，讲究生活品质的人来说，华丽型装修无疑最符合他们的心意。

　　本套丛书按照家装的类型分为《实用型家居装修指南》、《温馨型家居装修指南》、《华丽型家居装修指南》三册，每册均通过简要精辟的文字、大量精美的图片向读者展示不同类型装修的各个细节，包括风格设计、空间布置、材料应用与选购等多方面内容，让您在最短的时间，以最有效的方式掌握不同类型装修的方法与技巧，寻找出最适合自己的家居。

目录 CONTENTS

蝴蝶夫人

设计说明：

本案尝试把自然界的元素运用在家居装饰里，其实也是非常有特色的。因为所有的自然元素都会为你的家带来天堂般的自然效应，当格调升华到一定的高度，已经模糊了风格的界定，即使是最生活化的基础家具，也要能符合你的时尚主张，让它可以优雅，可以明朗甚至睿智。

花样年华

设计说明:

设计年代对于设计新方向的尝试又走了一步，现在的家居设计对职业设计师来说已经不仅仅局限于居住，更在乎人的一种生活方式和态度。本案有别于传统的浪漫主义的华丽感，新浪漫主义时代讲求红花绿叶的搭配，着重于实用、典雅与品味，在呈现精简线条同时，又蕴含奢华感。通过异材质的搭配，并向"人性化"的表现方式进展，用热情奔放的设计语言，超越现实的想象和夸张手法去描绘自己喜欢的事物。

在本案中你更可以感受到奢侈的物品并非只有浮华与世故，舒适与材料也并非只能平民化，让贵族作到表现柔和，在平凡中传递优雅是完全可以实现的。

低调的生活，奢华的品质

设计说明：

黑与白是时尚风潮永恒的主题。本案以黑镜软包，体现了一种极简却奢华的家居风，"卡萨布兰卡"不只是"白色的房子"，更代表了一种经典的在极简的黑白主题色彩下，加入极精致的搭配，融合各种柔媚的女性元素，居室的品质在细节中得到无限的升华，打造出具有无比设计感的家。

本案带着一股北非的时尚气息。第一眼看上去没有太多的设计修饰。慢慢的，在后知后觉中设计的每个细节已经容入家居的每个角落。这种不经意的设计，传递着低调的生活，奢华的品质。

在还没拿到房型图时，设计师就跟客户已经沟通过，室内风格走向就已经明确了：现代简约，但是要与众不同，不要有太国烦琐的修饰。生活在繁嚣都市中内心总会有些疲惫，当回到家中的时候放松一下心情，感受一份轻松，以一种简约的形式生活，生活在真实、自我的世界里，那会有种轻松的感觉。

室内整体以白色为主基调，辅以黑色及材质，营造出明亮利落的空间视觉效果，地面通体铺装地砖，让时尚简约的空间氛围中融入低调、奢华、慵懒的设计元素，体现出了另一种的北欧风格。

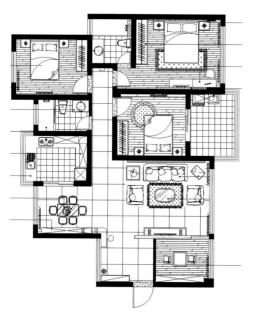

温馨是一个家庭的基石，是心灵的慰藉，更是我们生活的快乐源泉。时尚也好、个性也罢，总抵不过温馨二字。我们在用物质装修居室的时候，更多的是想用我们的双手创造出一个充满浓浓爱意的家。面对如此丰富多彩的世界，我们在努力打造生活空间的时候，往往顾虑了太多的外在因素，却丢失了家的真谛：温馨！流行只不过是过眼云烟而已，我们应该重新拾起我们的心灵，寻找我们本应该拥有的温馨之家（图2-1、图2-2）。

混搭风格

现在的都市中有很大一群人是完美主义者，他们在任何一种风格里都会看到缺点。于是，他们并不把某一种风格作为家居的主角，而是让不同的风格在各自角落共同存在。有轻有重，有主有次，不同的元素不会互相冲突甚至破坏空间的整体感。看似漫不经心，实则出奇制胜，真正体现设计者的审美情趣和品位——这就是混搭家居（图2-3）。

混搭并不是简单地把各种风格的元素放在一起做加法，而是把它们有主有次、

2-1

2-2

2-3

有机地组合在一起，混搭得是否成功，关键看是否和谐，最简单的方法是确定家具的主体风格，用家具配饰、家纺等来搭配。混搭看似漫不经心，实则出奇制胜（图2-4）。

"混搭"并不意味着混乱。把风格迥异、材料不同的东西放在一起，能有成千上万次的排列组合，的确非常考量每个主人的审美和耐心。搭配的好，可以屋随心动；搭的不好，看着就闹心。

千万不要忘记，"混搭"不是为展示不同，它的最高境界恰恰是融合。这里面无数的可能性代表的是"混搭"那种折衷而又个性的气质（图2-5）。

混搭可以说是一门难度较大的艺术，很多人常常在混搭的过程中自乱阵脚，过多的元素和色彩没有规则地堆在一起，不但无法展现出主人的自我风格还会使居室显得杂乱无章。如果太过于强烈地追求个性化的居室风格，不考虑实用性以及人的居住感受，不但会事倍功半，还会给人带来视觉和心理上的不舒服。如果喜爱混搭风格，以下几个方面是必须要注意的。

（1）混搭之初最关键的工作就是要确定出一个主要的基调或抓住一个主题，只有找到了主线、确定了风格才好下手。风格一定要统一并且区分轻重、主次。例如，你可以在欧式风格的房间里，为它选定一个带有中式特色的主题进行搭配，也可将欧式房间中团花图案的壁纸换成与瓷器色彩、图案相同的壁纸，强烈的中式风格搭配在欧式的家居氛围中，既时尚又不失稳重（图2-6）。

（2）色彩的选用以及搭配也必须细心处理。善用强烈的色彩是一回事，让众多颜色和谐相处，又是另一种本事。有些混搭风格对家居色彩的运用也时常大胆的令人咋舌，这时需要注意选择那些外表形态一致的家具来搭配。太过于强烈、杂乱的色彩会使人产生心理负担。"混搭"的居室一般都比较繁复，家具配饰样式也较多，这时在色彩的选择上就更要小心，免得整体显乱。在考虑整体风格的时候就需要定下一两个基本色，然后在这个基础上添加同色系的家具，配饰则可以选择柔和的对比色以提升亮度，也可以选择中间色以显示内敛（图2-7）。

（3）将混搭的重点放在家居装饰品上面，虽然在感觉上有点保守，但却是最简单有效的混搭方式，一副独特的薄纱窗帘、一盏灵动可人的灯饰、一套风味十足的靠垫、一些耐人寻味的饰品，便可轻松呈现异国情调。配饰在"混搭"时的使用更要遵循精当的原则。多，未必得当；少，未必寒酸。虽然整体面积不是很大，材质也需要拟定1～2种色彩、质地和花纹，比如使用壁纸，那么窗帘、沙发、床品都需要考虑搭配。除非用来专门展示，否则摆件还是与主色调配合比较保险（图2-8）。

（4）在家具选购上，虽然说混搭风格是将不同风格的物饰搭配在一起，但其中色彩、线条、材质的配合也必须注重，混，一定要"混"得合理，只要"混"得合理，就能搭出一种卓而不群、淡定幽雅的韵味。通常来说，比较适合用来混搭的家具主要有三种：第一种是设计风格一致，但形态、色彩、质感各不相同的家具，这类家具比较适合在一些中小户型的房间内摆设，以形成视觉上的反差（图2-9）；第二种是色彩不一样，但形态相似的家具，这类家居看起来不会产生非常强烈的对比感，适合面积较大的居

室（图 2-10）；还有一种是设计和制作工艺都非常精良的家具，这种家具适合各种混搭空间，但数量不宜过多（图 2-11）。

（5）家纺尽量不用对比色。窗帘、地毯等家用纺织品的材质可以混搭，但前提条件是色调尽量和谐统一。比如，窗帘是棕色系，那么地毯和床品的颜色最好是白色、绿色、黄色等与之相配的颜色。除了黑白色，各类纺织品一定要慎用对比色。在色调统一的前提下，图案可以有更多选择。如果家具和配饰都是古典风格的，不论是欧式古典还是中式古典，纺织品一定不能选择对比色，否则将会与整体的家居情调格格不入（图 2-12）。

乡村风格

在属于自己的私密空间里，不需要繁琐，不需要华丽，自然清新的乡村风格更适合平时忙碌的我们。于是，在这个自己设计的家居环境中，躁动的心灵回归了自然的淳朴与低调，在家里就能享受到一种久违的恬淡生活（图 2-13）。

乡村风格倡导"回归自然"，美学上推崇自然、结合自然，才能在当今高科技、高节奏的社会生活中，使人们取得生理和心理的平衡，因此室内多用木料、织物、石材等天然材料，通过自然的纹理来表现，清新淡雅。乡村风格适合那些信奉简单与放松生活理念，追求自由、简单、有自己的空间生活方式的人群。用原木与清新的颜色打造出来的乡村家居给予他们的是清新自然，又富有实用性的居住空间环境。乡村风格具有自然朴实又不失高雅的气质，在装修中应尽可能多地使用木、石、藤、竹、织物等天然的材料装饰家居，无论是顶面上的木吊顶，还是粗糙的器皿和盆栽植物，亦或小碎花窗帘布艺，都散发着质朴、恬静与清新的气息（图2-14）。

2-14

乡村风格的重点元素构成

任何一种家居风格总是通过各种各样的元素累积起来的，把握住了这些细节元素，就能够很容易地实现空间的风格效果。对于乡村风格而言，在装修过程中，可以从下面几个方面入手：

（1）原木。乡村风格的最基本元素，也是首选材料。来自大自然的材料，无论从哪个角度，它都是体现自然风情的最有效载体。实木家具是乡村情怀的重要元素，它可以调节室内的温度、湿度甚至还能吸收一定程度的噪声，有利于稳定情绪。而松木原色家具是目前最受追捧的（图2-15）。

（2）天然板岩。由天然石材粗加工而成，加以斧劈刀凿。它的自然古朴是设计师眼中的最爱（图2-16）。

2-15

2-16

（3）仿古砖。天然石料的现代仿品，表面有着粗糙质感，不光亮、不耀眼、朴实无华。施工时要留缝隙，特意显示出接缝处的泥土，感受岁月的痕迹（图2-17）。

（4）铁艺。铁艺的运用与家具的工艺处理也是近年设计上的亮点。用上等铁艺制作而成的铁架床、铁艺与木制品结合而成的各色家具，让乡村的元素更质朴。时下流行的做旧工艺以天然痕迹为最美，虫子洞、伐木的钉眼、漆面不整的破皮都是流行的做法（图2-18）。

（5）墙纸。砖纹、碎花、藤蔓，有着千变万化图案以假乱真的墙纸，给苍白的墙面带来无穷的生命力。贴有花朵图案的墙壁，成了家居空间的背景，也使墙纸成为仅次于仿古砖的最佳装饰材料（图2-19）。

（6）花色布艺。棉、麻布艺制品的天然质感恰好与乡村风格不事雕琢的追求相契合，而花鸟虫鱼等图案的布艺更体现出乡村特色。材质上，本色的棉麻是主流，花色上，单色不再流行，各种繁复的花卉植物，鲜活的小动物和明艳的异域风情图案更受欢迎（图2-20）。

（7）藤草织物。藤草织品是体现崇尚自然、古朴，甚至带有原始野味的家装风格的重要手段，因此，在家居中适当运用草器和藤器自然是体现乡村风格的最佳方法。在居室中摆上一两件藤柳

2-17

2-18

2-19

2-20

编制的沙发、坐椅或草制的小书架，居室空间中田野风味扑面而来（图 2-21）

不同空间的布置

（1）客厅。相对而言，乡村风格的家具体量都比较大，因此，客厅往往不需要布置得太满，而应以组合沙发为中心，搭配一些必要的装饰点缀即可。也可以根据客厅面积的大小，适当设置一面背景墙，效果既可以凸显出来，作为空间的视觉焦点，也可以设计成空间的背景衬托（图 2-22）。

（2）卧室。卧室是家居中的私密空间，重在情趣的营造，建议多选用棉麻布艺，特别是小碎花印花布搭配上蕾丝，最足以诉说宁静幽雅的卧室风情。家具以浅色调为主，如果能配以手绘效果，更能营造出优雅浪漫的气氛（图 2-23）。

（3）餐厅和厨房。从直观上看，厨房和餐厅是最容易体现乡村风格的空间。最基本的包括瓷砖、橱柜和餐厅家具。地砖以仿古砖为主，墙面砖可选用花砖。而橱柜和使用木材的空间，最好选用经过抽筋处理的木方。餐桌和餐椅以及餐厅柜，选用同一系列，尽量挑选圆润处理的设计。可以选用一款较高的斗柜，既能收纳碗筷，还可以当作酒柜使用。此外，一个乡村厨房不仅需要整体橱柜，适合的墙地砖也是体现整体环境的关键。黄色系、绿色系象征着田野的色彩与图案，这样的墙地砖才会让整个厨

2-21

2-22

2-23

2-24

房显得自然纯朴（图2-24）。

（4）卫生间。乡村风格的卫生间面积不可以太小，应尽可能选用木、石、藤、竹、织物等天然建筑材料，如墙上的护墙木板、天花板上的木横梁，都会给浴室增添一种温馨、起居舒适的感觉。织物也是乡村风格的浴室装修中必不可少之物，多采用棉、麻等天然制品（图2-25）。

2-25

法式田园风格

法式田园风格完全使用温馨简单的颜色及朴素的家具，以人为本、尊重自然的传统思想为设计中心，使用令人备感亲切的设计因素，创造出如沐春风般的感官效果，属于自然风格系列。随意、自然、不做作的装修及摆设方式，营造出欧洲古典乡村居家生活的特质，设计重点在于拥有天然风味的装饰及大方不做作的搭配。法式田园风格的优雅一直被女性所钟爱。相对于美式田园风格和英式田园风格，法式田园风格就显得更为精致。法式田园风格比较在意营造空间的流畅感和系列化，虽然也被戏称为"脂粉气"过重，但那种浪漫确实让人无法抗拒（图2-26）。

法式田园风格的空间结构一般都是呈开放式，采用对称造型设计。在淡雅的背景色彩中，运用雕花线板与图案装饰空间，挖掘华丽、细致的风采。曲线的运用使得整体感觉优雅。多用木料、织物、石材、藤、竹等天然材料，体现田园的清新淡雅。在装修中比较重要的是色彩确定，这关系到会不会出现审美疲劳。家里装修色彩应该以柔和、优雅为主，比如灰绿色系、灰蓝色系、鹅黄色系、藕荷色系以及比较女性的浅粉色系等都比较适合（图2-27）。

法式田园家具的尺寸一般来讲也比较纤巧，而且家具非常讲究曲线和弧度，极其

2-26

2-27

2-28

2-29

2-30

2-31

注重脚部、纹饰等细节的精致设计。材料则以樱桃木和榆木居多。很多家具还会采用手绘装饰和洗白处理，尽显艺术感和怀旧情调（图2-28）。

法式田园风格很注重后期装饰搭配，与装修风格协调的装饰品，田园风格或者欧式风格的都可以。古董、鲜花、自然饰品以及镀金器皿是法式田园的装饰，而配饰、条纹布艺、花边则是最能体现法式田园细节的元素（图2-29）。

常见的装饰元素与配饰布置可以从以下几个方面考虑：

（1）法式田园风格的居室宜采用花卉绿植和各种花色的优雅布艺。野花是法式田园风格最好的配饰，因为它最为直接地传达了一种自然气息，有一种直接触摸大地的感觉。例如客厅垂落在窗台上的优雅花布窗帘，小碎花家纺等都会让我们的心情轻松而快乐（图2-30）。

（2）田园风格对配饰要求很随意，注重怀旧的心情，有故事的旧物等都是最佳饰

2-32

2-33

2-34

品（图 2-31）。

（3）"自然、舒适、环保、清馨"的法式田园风情，常大量使用碎花图案的各种布艺和挂饰，与法式家具优雅的轮廓以及靓丽的灯饰相互映衬（图 2-32）。

（4）法式田园家居一般会运用真实呈现木头纹路的原木材质、木棉印花布、手工纺织的毛呢、粗花呢以及麻纱织物等材料。图案基本为方格子、花草图案、竖条纹等。细节方面可采用自然材质、手工制品，如藤编家具、绿植与干燥花或壁炉。使用暖色系强调亲切温馨、朴实自然，可以让整体空间看起来既温暖又温馨（图 2-33）。

打造舒适的法式田园家居，也并不是一定需要很高的投入。对于一般的家庭来说，由于居住面积及经济实力有限，完全可以去掉繁复和大量的雕花细节、法式家具，保留相对清新单纯的一些痕迹，比如彩色的墙面、花朵、布艺的大量运用等（图 2-34）

雅致主义

雅致主义是近几年刚刚兴起并被人们迅速接受的一种设计形式。雅致主义风格的空间布局接近现代风格，而在具体的界面形式、配线方法上则接近新古典；空间整体色彩应注重和谐性。雅致主义可以通过多种形式体

2-35

现，雅致可以是简约的，也可以是古典的，营造出来的家居氛围能使人在精神上得到放松（图2-35）。

想要打造雅致家居其实不难，不妨试试以下几招：

（1）颜色是体现雅致家居氛围的关键，而颜色主要通过墙纸和墙面漆来实现。墙面漆一般选择素雅的颜色，而墙纸的选择则要复杂些。选择墙纸时主要是靠感觉，而且一定是一种温馨的感觉，简单地说，就是你看到一个墙纸的设计图，即使没有任何人在图中，你也能感觉这墙纸包围的环境中有人的因素，这就是雅致风格的墙纸了（图2-36）。

2-36

（2）在视觉上，雅致风格的装修是很抢眼的。在这种情况下，材质更需要注意，比如经过涂饰和抛光的木材，有着富丽温馨的色彩和华美的织物等，都要求我们先别相信眼睛，而是先去判断其质量（图2-37）。

（3）雅致主义，也有人称为"后花布时代"，可见布艺在其中的重要。一些布艺元素，比如花色丰富的布艺灯罩，素雅的床单，富人情味的柔美窗帘等，会让"家"的意境得到充分渲染（图2-38）。

2-37

现代生活所说的雅致并不是刻意地去附庸风雅，而是主张生活的简单、随意，褪去物质社会的浮华，享受最为真实的平凡生活。根据家居中不同空间的功能特性，其设计与材料都有所不同。

（1）雅致客厅强调的是整体的和谐与统一，没有过于抢眼的布置或者色彩，近乎随意的设计展现出舒适、柔和的空间效果。淡雅的空间布置，与其说是家居的风情，不如说是代表了主人的一种生活态度与人生哲理，将这种随意与舒适融入到家居生活之中，满足视觉效果的同时，也带来了极致的生活享受。因此，雅致客厅不是几幅丹青、几株文竹、

2-38

几件古玩，而是要表现一种轻松的生活氛围。外形的简洁、色彩的淡雅、材料的温馨等是实现雅致客厅的基本要素（图2-39）。

传统的板材、瓷砖、壁纸最能体现淡淡的雅致生活。板材与生俱来的温暖与自然感觉能够给客厅带来舒适与休闲的效果，同时也显得很有档次（图2-40）；浅浅的壁纸图案，温柔的质感效果，用壁纸来装扮客厅的墙面自然是再适合不过（图2-41）；而瓷砖在这样的氛围中，要么选择素雅的色调，要么体现古朴与自然的效果（图2-42）。

（2）餐厅空间往往是客厅的一种延续，要想营造出轻松、雅致的餐厅环境，空间线条的流畅、陈设的简洁以及色彩的柔和都是营造一个淡雅餐厅的必要因素。只要家人围坐一起，无拘无束地用餐、聊天，没有了多余的束缚，空间让位于生活，真正享受到家的温暖（图2-43）。

2-39

2-42

2-40

2-41

2-43

2-44

2-45

　　雅致风格在选材上，以自然舒适的板材和明朗轻快的壁纸或者是温暖舒适的仿古瓷砖应用的最多。如果喜爱现代简洁的空间布置，非独立式餐厅，甚至可以"家徒四壁"，一套现代、雅致的餐桌椅就足够了（图2-44）。

　　（3）卧室空间首先要保证其温馨、舒适的功能特性，在此基础上再去营造轻松、淡雅的整体效果。一个雅致的卧室，一定是充满温馨的，在这样一个空间中休息，总能让人心情平和、充满暖意，身心都能放松。装修装饰得再漂亮，也抵不过对功能性的最大满足，更何况，悠然的淡雅之风，本身就是体现随性、舒适之意（图2-45）！

　　一般来说，板材与壁纸是雅致卧室的首选材料，后期再采用一些布艺进行装饰更是能够起到非常好的效果。特别是随着工艺的不断改进，原本让人感觉厚重的木材也变得轻盈与时尚起来，用它们来营造一个安逸、淡雅的卧室空间也非常有效。壁纸的色彩、图案要选择那些低调、温和一些的，避免产生过于跳跃的视觉冲突（图2-46）。

　　（4）书房是认真学习、冷静思考的空间，色彩绝不能过重，对比反差也不应强烈，黄色、驼色、浅棕是雅致书房的首选。在舒适、轻松的书房之中，板材与涂料成为了出现率最高的材料，它们的简单与温暖效果能够制造出非常淡雅、平静的空间效果。此外，雅致书房不可布置过多的家具与装饰，以简洁明快、满足基本功能需求为好（图2-47）。

2-46

2-47

（5）一般而言，恬淡、雅致的厨房（图2-48）、卫浴（图2-49）不必追求空间的过多变化，线条的流畅、色调的和谐往往是其外在形式。在满足功能性的基础上对空间稍加修饰即可，风格的特征并不明显，一般通过局部装饰来体现。空间的布置以简洁、方便为主，不要选择过于繁杂的装饰。

感性主义

家居设计风格源自人们对生活的理解，女性生活空间的设计，要考虑到女性的最大特点——感性。敏感的天性让女性对家更加眷恋，她们感觉细腻，对于色彩、线条和光影都有很独特的要求，希望蜗居里的一切都是情感的流露（图2-50）。

想把面积不大的房间打造成温柔的感性居室，一点都不难。

（1）感性居室在设计中不需要太多的硬件设计，要从软件入手，例如能体现人情味的配饰，小至一束花，大至窗帘、床单、沙发布。这些软装饰如果选择、布置得好，都能给你带来好心情（图2-51）。

（2）感性居室也要注重实用性。对于女性来说，厨房（图2-52）和餐厅（图2-53）的意义非同一般，在流程上要合理，越顺手越方便越好；它们不仅是满足口腹之欲的地方，还可以成为聚会的场所，除了实用性，这个空间一定要漂亮和有品位。

（3）感性居室的设计上要讲究色彩搭配，学会运用简洁之美代替华丽的渲染，由内涵之美取代外在表现。近年来，甜蜜色彩逐渐成为感性家居的主流，这些带有透明和糖果感觉的色彩从服饰流行到了家居领域，充分显示了女人居家的本性。不过这种甜蜜的颜色在家具上用得不多，主要在窗帘、床上用品、桌布、靠垫等上大显身手（图2-54）。

（4）敏感的女性容易失眠，所以一张舒适的床必不可少。不过要达到女人对卧室的要求，除了好床，还要有由灯光、植物、香味、音乐营造出的氛围（图2-55）。

（5）卫浴是家中最有情调的地方，这部分的装修除了浴缸、马桶等基础设施外，增加情趣指数的装饰物也不可缺少，如装饰画、蜡烛、香熏、各色好看又实用的帘子等（图2-56）。

2-54

2-52

2-55

2-56

2-53

2-57

简欧与简中风格

欧式的家居空间，总有点过于奢华的感觉，年轻人一般很少会喜欢，但是近来兴起的"简欧"风格，却是能够在简单、淡雅中透出一种大气，一改以往欧式风格给人繁复的印象（图 2-57）。同样，传统中式的装修风格会让一些人觉得太过压抑，而将传统中式与现代风格结合起来，舍弃过于沉重的风格装饰，保留中式风格那种悠然、豁达的精髓，营造一个恬淡、惬意的"简中"环境（图 2-58）。

2-58

◎ 简欧风格

简欧风格是欧式装修风格的一种，多以象牙白为主色调，以浅色为主，深色为辅。相比拥有浓厚欧洲风味的欧式装修风格，简欧更为清新、也更符合中国人的审美观念。简欧风格的核心是删繁就简，留下简单的线条和几何图案，以冷色调为主。如果说古典欧式风格线条复杂、色彩低沉，而简欧风格则是在古典欧式风格的基础上，以简约的线条代替复杂的花纹，采用更为明快清新的颜色，既保留了古典欧式的典雅与豪华，又更适应现代生活的休闲与舒适。其风格主题就是追求深沉里显露尊贵、典雅中浸透豪华的设计表现，并期望这种表现能够完整地体现出居住者对品质、典雅生活的追求，视生活为艺术的人生态度（图 2-59）。

想要突出简欧风格，在设计上要追求空间变化的连续性和形体变化的层次感，家具门窗多漆为白色，画框的线条部位装饰为线条或金边。在造型设计上既要突出凹凸感，又要有优美的弧线。既有欧式设计风格的一些元素，又充分利用了现代简约设计的某些优势，这种折中的简欧风格，越来越受到人们的喜爱（图 2-60）。

2-59

2-60

◎ **简中风格**

通俗意义上讲，简中风格就是融合了现代元素的中式风格，也称作新中式风格。传统中式风格相对复杂和讲究，对于材料与外观造型都有很严格的要求，而简中风格既接纳了传统神韵，又融合了现代材质，更适合现代社会的需要。简中风格是中国传统风格文化意义在当前时代背景下的演绎，是对中国当代文化充分理解基础上的现代设计。新中式风格不是纯粹的元素堆砌，而是通过对传统文化的认识，将现代元素和传统元素结合在一起，以现代人的审美需求来打造富有传统韵味的事物，让传统艺术的脉络传承下去（图 2-61）。

2-61

Part3 空间布置

不断提高的生活品质使人们对家居装修的要求也越来越高，空间的颜色搭配、家具的摆放、饰品的搭配，这些以往不太注重的方面逐渐成为影响家庭生活的关键。例如，客厅沙发与电视角度的不当会破坏家人看电视、聊天的心情，书房的灯光太刺眼也会磨灭你看书的兴致，卧室家具的错误摆放甚至可能会影响你的睡眠……高品质的生活要求的不仅仅是简单的空间，而是空间呈现出来的一种品位，它必然包含着家居文化、生活品位和审美观等多方面的因素。

温馨型家居设计要点

"温馨"一词在东方的人生哲学中表达的是平和理性的为人处世之道。这种风格的居室适合于成熟、稳健、行为优雅的人，特别是那些性情温和又喜欢情调、时尚的成熟消费者。性情温和的表现为亲切、节制、优雅、讲究品质。这样的人群注重的不是让别人看到自己"拥有"什么，而更希望别人透过这些东西明白自己"是"什么样的人。因此，温馨型家居更关注家居环境的自由舒畅、平和放松以及符合本人身份的格调。在这样的家居环境中可以抚平人内心的浮躁，让每一个走进这个家的人都能自由呼吸，找到自己喜欢的舒适角落（图3-1）。

想要营造温馨家居，不妨多注意以下几点：

淡雅色彩营造暖意。温馨型家居的色彩应以统一、和谐、淡雅为宜，对局部的原色搭配应慎重，稳重的色调较受欢迎，如绿色系活泼而富有朝气，粉红系欢快而柔美，蓝色系清凉浪漫，灰调或茶色系灵透雅致，黄色系热情中充满温馨气氛（图3-2）。

布艺——浪漫的代名词。在女性眼中，布艺一直是浪漫的代言词。它以柔顺而极具弹性的手感，彰显出甜美浪漫的气息。不妨尝试用布艺装饰一下自己的家居，营造一个浪漫温馨又充满艺术气息的家居氛围（图3-3）。

配饰体现艺术气息。散落在家居各个角落的装饰最能体现艺术气息，不必拘泥于某种教条的风格模式来装扮自己的家，随意搭配和摆放，并不是颠覆美学视觉规律，用一种闲散的心情错落有致地摆出一种恬静温馨的家居文化，显现出主人独具匠心的优雅与温情（图3-4）。

花艺不可或缺。温馨的家庭，不应该缺少花艺。无论是芬芳的新鲜百合，还是恒久不变的花艺饰品，在你触目可及之处，都有花的美丽。在你的房间点缀一些漂亮花艺，浪漫之情也随之油然而生（图3-5）。

不同空间的布置要点

温馨型家居向来重视细节，除了花心思在客厅、餐厅、卧室等较大的空间外，厨房、卫浴、阳台这样的细部空间更不能忽视。想要打造温馨家居，其实不必大动干戈，一束鲜花、一抹灯光等简单的变化就能让你的居室温馨起来。

3-3

3-4

3-5

客厅

作为家居中的"面子"工程，客厅的装修向来都是人们最为重视的空间，一个温馨舒适的客厅环境能够让人充分感觉到家的亲情与温暖。从整体的空间布置来讲，温馨的客厅在颜色搭配上，主要还是应该以中性色调为主。虽然也可以用跳跃的色彩来营造温馨的感觉，但对于一般家庭而言，这种搭配比较难以掌握，淡雅、舒适的中性色调无疑是最为合适的。在家具布置上，主要还是应该突出空间线条的流畅与整体感，包括家具的颜色、风格、材质、布置等，最好都协调统一。在配饰上，要想突出客厅温馨的感觉，合理的收纳，适当的绿化点缀以及实用的布艺装饰都是非常不错的方法（图3-6）。

3-6

◎ 颜色搭配

不管你承认与否，我们对空间的感观很大程度上来自于我们对周围色彩的感受，家居风情的演绎同样离不开色彩的有力支持。试想一下，温馨舒适的空间，突然出现强烈的对比色，想必也会大大破坏空间的和谐效果（图3-7）。

淡雅、别致的中性色调始终是温馨风格家居的最好诠释。中性色彩是指含有大量黑色或白色的色彩，并不是特指某个专有的色彩，主要体现的是色彩给人的感觉——含蓄、沉稳、得体；也就是说，任何色彩不同的搭配都有可能让人产生"中性"的感觉。

一般来讲，咖啡、奶油、泥土以及干枯植被的自然色彩，会让人有中性的感觉。这些颜色，可以让人放松、缓解疲劳感，为居室环境渲染出安静平和的感觉。同时，中性色还是一种很知性的颜色，在配色中有着相当重要的地位，可用于调和色彩的搭配，突显其他色彩。褐色、咖啡色等中性偏暖的颜色是布置客厅的好选择。可以属于家居中的公共区域，色彩运用上除了要考虑自己的喜

3-7

好外，也应顾及客人的感受。中性色不会因为过分张扬或跳跃引起人的紧张感，可以给客人或热情或温馨的感觉（图3-8）。

中性色又分为中性冷色（图3-9）和中性暖色（图3-10）。中性暖色延续着暖色温暖空间的功能，同时这些含蓄的颜色为空间渲染出安静平和的感觉。像咖啡、泥土、苔藓、干枯植物等色彩搭配线条简单的底色家具，居室显得优雅而朴素；搭配深木色家具则空间在庄重中又不乏雅致感；中性冷色从完美的灰开始一直到绿色或蓝色。中性冷色似乎天生就与高科技、都市化生活能够紧密地联系起来。浅灰紫的墙面最好搭配白色的顶面，而浅灰绿色的墙面则搭配深灰色的家具为佳。

中性色中最基础的配色方法就是将自然的颜色统一。用稍稍发暗的中性色能营造出居室祥和、成熟、稳重的气氛。搭配点点的亮绿色，能给人非常好的新鲜感。为了衬托绿色的鲜亮，还可以在局部点缀点黑色，但不能用太多，否则会显得沉重（图3-11）。

另外，如果对于温馨客厅的颜色搭配没有把握，可以运用统一的淡色调，然后在后期利用软装饰进行色彩点缀，也能够收获不错的温馨效果（图3-12）。

◎ **家具布置**

温馨的客厅中，家具应根据空间的活动和功能性质来布置，其中最常出现在客厅的家具就是沙发和茶几，可按不同风格采用对称、曲线或自由组合的式布置。无论采用何种方式布置，均应有利于方便彼此谈话。多功能的组合家具能充分利用立面空间存放家用电器、书报杂志等多种多样的物品，也常为现代家居所采用（图3-13）。

3-13

每一种家具布置形式都会形成融合在一种聚散通隔的作用，人在家具当中的空间位置活动，同时也就赋予每件家具非常精确的空间意义，所以如何在空间上让人的活动与家具布置尽可能地融合在一起而不浪费，是客厅家具布置的关键（图3-14）。

3-14

3-15

客厅不仅是亲朋好友造访时最常聚集的区域，也是平时家人活动较为集中的空间，沙发、茶几周围的物品较多，收放不当就很容易产生乱糟糟的感觉。客厅要想营造出温馨舒适的效果，视线的流畅、空间的整洁是最为重要的，再高档的家具如果布置的比较杂乱，也只会增添空间的沉重感。在选择和购买客厅的家具时，要把各个部件融入到客厅的大环境中来，客厅家具的造型风格要统一，质地、颜色要协调。同时，客厅家具的尺寸要与空间的面积相配合，具有完整的感觉（图3-15）。

选择一款合适的客厅柜，将平时利用率不高的物品集中放置，如果再搭配上使用方便、能够将常用物品合理放置的茶几则更整洁（图3-16）。一款实用的茶几对

3-16

于打造一个整洁的客厅很有助益（图3-17）。

对于那些利用率相对不高的物品，一个放置在客厅一角的抽屉柜就可以完全收纳。能够与客厅其他主要家具或整体风格保持一致的客厅柜，既不显得突兀，也能满足实际需要（图3-18）。沙发上小茶几般的支架，可以放置小吃饮品，也可以放专门用于阅读的台灯，开辟出另外一个休闲区域（图3-19）。

此外，客厅里也常用地柜、屏风等来分隔空间，但值得注意的是，家具摆放不宜太多，密度要适当，让人感觉宽敞（图3-20）。

◎ 配饰设计

客厅装饰宜在情趣、温馨、休闲的居家氛围上下功夫，而不宜在豪华、奢侈上着眼，整个色彩基调应以中性偏暖来考虑；组合家具、沙发、窗帘、地板与四围的色彩要和谐悦目，大小要成比例。墙面上的饰品、装饰画等不宜过大，同时慎用大面积镜面扩大空间。对一般家庭而言，客厅中除电视、音响外，还可考虑设置精品书籍、艺术品等饰物，用来装饰一面墙或一个角落（图3-21）。

从实用的角度来说，温馨客厅的配饰设计可以从以下几个方面入手：

（1）客厅是家居中实用功能最多、面积最大、活动时间最长、使用最频繁的场所，想要客厅井然有序，那么客厅的收纳问题就显得尤其重要了，尤其对于小面积客厅。那不妨充分利用墙面空间，这样空间看起来就会更宽敞。当然还要好好挖掘茶几、沙发、组合柜、客厅"角落"空间的潜力。好的收纳方法不仅保持了居室的整洁与舒适，还为凌乱的杂物找到了栖息之处，客厅就这样在收纳中悄然变大了（图3-22）。

（2）客厅绿化力求明快大方、典雅自然，有温馨丰盈、盛情好客的感觉，品种不宜过杂，量不在多而贵在精。客厅绿化一般有落地式、几架式、悬吊式及桌式等。客厅一般较大，可摆一些大型的盆花，显示出绿色的气氛，另外，若在沙发旁的地面上放置一些以叶为主体的盆花，就更有"绿"的气氛。在桌面茶几上点缀小盆栽或鲜插花也会使整个家的气氛焕然一新。总之，不需奢华，也不必刻意去精雕细琢，就能出其不意地营造出一种安宁温馨的氛围和反璞归真的情调（图3-23）。

（3）此外，如果能够在客厅中应用一些布艺进行装饰，能够很好地柔化家居空间生硬的线条，赋予家居格外温馨的氛围。客厅的布艺主要集中在墙壁、窗帘、沙发、靠垫和地面上，一般应持重大方、风格统一。如果能围绕一个主题进行布置，则更加理想。但要注意的是，不宜给人留下布艺大量堆砌的印象，一定要有精致、有份量的家具或艺术品来"压轴"（图3-24）。

3-21

3-22

3-23

3-24

餐厅

温馨餐厅的色彩可以选择稍亮一点的中性色彩或者直接采用原木色；家具布置不在多，原则是用起来方便舒适，能够融入整体空间；后期配饰上，墙面、灯光、精致的饰品以及绿植是重点。（图3-25）。

3-25

◎ 颜色搭配

从美学上看，不使用鲜艳色调和原色可以带来很多好处，中性色调装饰出来的空间永远不会显得过时。不管怎样仔细看，你都很难找出中性色之间的不和谐元素，这

3-26

3-27

一点是其他颜色所无法比拟的，这也是人们为什么经常用"和谐"两个字形容中性色的原因。因此，营造温馨的用餐环境，最好还是使用稳稳当当的中性色彩（图3-26）。不过，餐厅的功能特性毕竟不同于其他空间，一般来讲，可以用鲜亮的暖色如红、黄、红褐和金色来搭配较暖的沙色、米色、浅黄色等中性色（图3-27）；用冷色如蓝色、绿色和紫色来搭配较冷的深蓝灰色、灰白色等中性色（图3-28）。

餐厅墙面的色彩设计因个人爱好与性格不同而有较大差异。餐厅家具宜选用调和的色彩，尤其以天然木色、咖啡色、黑色等稳重的色彩为佳，尽量

3-28

避免使用过于刺激的颜色。墙面的色彩应以明朗轻快的色调为主。当空间相邻色彩搭配不太合适的时候，可以用灰色来调和。而灰色与木色的家具能搭配出不错的组合，让空间自然而又现代，正在成为家居的潮流色彩（图3-29）。

3-29

对于餐桌椅而言，原木色的餐桌椅越来越受人们的青睐，它们总能带给人一种温暖、祥和的感觉。原木色亲近自然的同时又不失时尚，是经典中的经典，放置在现代餐厅里，会有一种锦上添花的感觉（图3-30）。

色彩偏暗的蓝色其实也适合用在餐厅里，尤其是与木色餐桌椅相搭配。这样的搭配并没有给人冰冷的感觉，反而能制造出深厚温暖的视觉效果（图3-31）。

3-30

3-31

值得注意的是，在温馨餐厅的颜色搭配中，与传统观念差异化最大的莫过于简中风格。过去色彩厚重的中式形象如今已被飘逸、素雅的颜色所代替，深木色的家具与简洁而有现代气息的设计手法相搭配，形成一种适合现代人的中式风格（图3-32）。

3-32

◎ **家具布置**

作为就餐空间的餐厅，一定要尽可能的方便、舒适，具有温馨、愉悦的空间氛围。餐厅内部家具相对比较简单，布置上要把握风格统一、配套的原则（图3-33）。

无论何种风格的餐厅，餐桌、餐椅是餐厅必不可少的家具。对于餐桌和餐椅，最常用的是长方形桌或圆桌，折叠、推拉长桌也较为常见。餐椅要与餐桌配套，造型主要依据居室的大小和整体风格而定，切忌东拼西凑。另外，餐桌、餐椅的大小及摆放形式应与餐厅的空间大小与就餐人数相适应，大的给人宽敞气派的感觉，小的则显得玲珑精致。一般来讲，4m²左右的餐厅不能摆放大于90cm×90cm的4人餐桌；7m²左右的餐厅可摆放6人餐桌，但餐桌的大小最好不要超过180cm×180cm（图3-34）。此外，酒柜也经常出现在餐厅里。在较小的空间里，可以选用角式酒柜。实际上，现代家庭里酒柜具备多种功能，不仅能收纳，还具备餐、展示、隔断等功能（图3-35）。

在餐厅的家具布置中还要注意的一点是，餐厅的风格往往决定了家具的颜色及材质。一般来讲，乡村风格的餐厅多选用浅色调的实木或藤质家具，充分表达了自然、淳朴的气息（图3-36）；混搭风格的餐厅不妨选用金属家具或玻璃家具，干净利索的线条会使餐厅更具潮流感（图3-37）；简中风格的餐厅不妨试试色彩淡雅的木质餐桌椅和

3-33

3-34

3-35

3-36

3-37

3-38

3-40

3-39

3-41

3-42

3-43

现代仿古式的展示柜（图3-38）；简欧风格的餐厅里，做工精良的木质餐桌椅无疑是最佳选择（图3-39）。总之，让家具融入到餐厅的大环境中，同时在大环境下保持家具的单体美感就是温馨餐厅布置的关键。

作为餐厅家具中的主角，我们在选购餐桌时一定要特别注意。首先要确定用餐区的面积有多大。假如房屋面积很大，有独立的餐厅，则可选择富于厚重感觉的餐桌以和空间相配；假如餐厅面积有限，而就餐人数并不确定，可能节假日就餐人员会增加，则可选择目前市场上最常见的款式——伸缩式餐桌（图3-40）；其次可根据居室的整体风格来进行选择。餐桌的外形对家居的氛围有一些影响：长方形的餐桌更适用于较大型的聚会（图3-41），而圆形餐桌令人感觉更有民主气氛（图42），不规则桌面则更适合两人小天地使用，显得温馨自然（图3-43）。

◎ 配饰设计

餐厅的地位在厅的位置中很突出，在装修上有它自己独特的特点。餐厅反映了家庭的生活质量，成功的餐厅设计应该最大限度地利用空间进行合理的布局，营造出温馨怡人的进餐环境。一般来讲，就餐环境的气氛要比睡眠、学习等环境轻松活泼一些，并且要注意营造一种温馨祥和的气氛，以满足家庭成员的聚合心理。在对餐厅墙面进行装饰时，应从建筑内部把握空间，根据空间的使用性质和所处位置，运用科学及艺术手段，创造出功能合理，舒适美观，符合人的生理、心理要求的空间环境（图3-44）。

3-44

无论是与厨房合并的餐厅、还是与客厅合并的餐厅、或者独立的餐厅，在进行后期配饰设计时都应注重以下几点：

（1）墙面。餐厅的墙面基本上是其最为突出的部位，也是最容易出效果的地方。餐厅墙面的装饰除了依据餐厅整体设计这一基本原则外，还要特别考虑到餐厅的实用功能及美化效果，不可盲目堆砌。例如，在墙壁上可挂一些字画、瓷盘、壁挂等装饰品，还可根据餐厅的具体情况灵活安排，以点缀环境，但要注意的是切不可喧宾夺主，杂乱无章（图3-45）。有的家庭餐厅较小，可以在墙面的适当位置安装镜面，这样能在视觉上造成空间增大的感觉。

3-45

（2）灯光。餐厅的灯光越柔和、越含蓄越好，柔和含蓄的灯光能使人融入温馨浪漫的情境中。一般以餐桌为中心，在相应的顶棚处设置吊灯为主光源，还可同时安装嵌顶灯和壁灯等装饰照明，让光线具有节奏感，从而突出气氛（图3-46）。

（4）小饰品。餐厅的面积有限，不可能专门开辟出一块展示区域，因此，餐厅的饰品点缀一定要注意"小处着眼"。在餐厅中，有不少各式各

3-46

3-47

3-48

样的小装饰物以及各种刀具、餐具等用品，如果能合理地利用好这些东西，会让空间显得很自然，营造出浓郁的生活气息。最常用，也最有效的方法就是采用烘托的设计手法，即室内所有用品的色调都采用同一色系的颜色（图3-47）。

（3）绿植点缀。适当地点缀一些盆栽花草，可以很好地给餐厅注入生命和活力。如果就餐人数很少，餐桌比较固定，可在桌面中间放一盆绿色赏叶类或观茎类植物，但不宜放开谢频繁的花类植物。餐厅的一角或窗台上再适当摆放几盆繁茂的花卉，会使餐厅生机盎然，令人胃口大开（图3-48）。

3-49

此外，各式各样精美的水杯、茶杯、咖啡杯，不仅实用而且对于餐桌来说更是难得的装饰佳品。例如，在桌子铺上麻质或棉质布料的餐垫，浅而亮的单色调，衬上精致的餐具，生活的甜蜜与浪漫很自然地就显露出来（图3-49）。

◤ 卧室

在卧室的设计上，追求的是功能与形式的完美统一，优雅独特、简洁明快的设计风格。温馨的卧室布置，要追求时尚而不浮燥，庄重典雅而不乏轻松浪漫的感觉（图3-50）。

3-50

◎ 颜色搭配

营造温馨舒适的卧室，除了选择好的床和床垫外，空间的色彩搭配也至关重要，对比色能让卧室显得鲜活，但是却不易让人入眠，相对而言淡雅的中性色最为合适。棕、灰等中性色是近年来装修中很流行的颜色，这些颜色很柔和，不会给人过于强烈的视觉刺激，是打造素雅卧室的色彩高手。但为避免过于僵硬、冷酷，应增加木色等自然元素来软化，或选用红色等对比强烈的暖色，减弱原来的效果（图3-51）。

同时，近年来，越来越多人喜欢用中性色来装饰新房，调和一定灰度的烟粉色系将是现代年轻人新房主色调的最佳选择。新房里大红色的床品也可以用中性灰紫色代替，也可以选择拼红色的。值得注意的是，与中性色搭配时，最好避免使用纯白色，因为看上去会显得又硬又冷，但有很多看上去很舒服、含有少量淡色的不标准白色调却能与中性色完美搭配（图3-52）。

除了卧室的主色调以外，所选用颜色的冷暖效果也与空间的最终感觉有很大的关系。一般而言，大多数人希望自己的卧室有温暖的感觉，会选择暖色调，但是也有一部分业主为了增添空间的时尚感而选择冷色调。冷暖色系还与其所在空间的高低效果有很大的关系，所谓的高低是指房间的明暗，明的为高调，暗的为低调。卧室空间如以亮色为主，辅以小面积的暗色来衬托，会形成高调的卧室空间环境。以重色为主，几乎全是黑色系列或其他暗红、暗紫或深蓝等深沉的色调，又形成了低调的卧室环境。卧室环境色彩可以是高调的暖色系列，也可以是高调的冷色系列，反之亦然。高调的卧室适合儿童（图3-53），而低调的卧室则比较适合老人（图3-54）。

3-51

3-52

3-53

3-54

　　另外，卧室的颜色搭配别忘了床品的色彩和图案，它们可以说是卧室的中心色，其他的纺织物品都需要与之呼应。如果有图案，最好统一为同一种。至于图案大小，可以根据每个人的不同喜好来设计：小图案温馨，可以使空间感变大（图3-55）；大图案高贵大气，视觉上更为突出（图3-56）。

　　温馨卧室的颜色可以参考以下两种效果进行：

　　（1）白色与蓝色相搭配。大面积使用白色，能让室内充满了轻柔、温和、淡雅、纯洁的气氛，搭配灰蓝色的墙面，使白色不那么单调。加上床单和窗帘上的几块浓重的蓝色，在对比中更充分表现出了白色的魅力（图3-57）。

　　（2）黄色、棕色和白色相搭配。色彩素雅的暖色调，主要由黄色的地毯或柚木色的地板、淡色的织物，以及浅棕色的墙面所构成。组合家具相间白色的床品，从而使室内的色彩在色相和层次上更加丰富，显示出一种轻松、明快的家庭气氛（图3-58）。

3-59

3-60

3-61

3-62

◎ 家具布置

卧室是家居中休息、睡眠的空间，因此，卧室的家具布置应以整洁舒适为主，不宜过于繁复。卧室的家具主要由寝具、梳妆、储藏、桌椅四大部分组成。寝具一般包括床和床头柜，梳妆包括梳妆台、镜子、椅子，储藏包括衣柜、收纳箱等，桌椅主要是指休闲沙发、茶几等。卧室家具的布置大多取决于房间门与窗的位置，习惯上以站在门外不能直视到床的陈设为佳，而窗户与床成平行方向较适合。此外，贮藏柜、小圆桌椅大多布置在床体侧向，视听展示柜则大多陈列在床的迎立面，以便于观看。梳妆台的摆放没有固定模式，可与床头柜并行放设，也可与床体呈平行方向布置（图3-59）。

一般来说，卧室中的家具应该有和谐统一的风格，颜色要一致，款式和材质应相同或相似，各种家具在搭配上大小尺寸要和谐，并且也要与室内的配饰等协调，使空间成为一个统一的整体（图3-60）。

人的心情其实常常会改变，为了不管怎么变都能觉得整体协调，在选购卧室家具时，可以采用颜色相近、风格相当的设计，让人可以有更多空间变化的选择。如果卧室还要兼作书房的时候，为了安全考虑，书架的规模不要太庞大，颜色也以浅一点，彩度低一些的为主，这样可以营造一个轻松、明亮看来较开阔的空间；此外，重一些或是宽大的家具，建议最好降低高度，也能让家具之间的距离看起来远一些，不会相互干扰，对卧室的使用人而言会比较舒服（图3-61）。

在房间实在不够大的情况下，以渐进退缩的方式配置橱柜，可以减低对人体的压迫感；在下层的柜子选用宽度或深度较大的设计，越高的部份柜深要越浅，这样有助于视线上的舒缓，不会在潜意识里造成居住者的精神紧张（图3-62）。

如果在卧室里见到满眼的没有被整齐收纳的物品，希望得到放松和休息的心情势必大打折扣。可以在一定程度上收纳物品的床具、床头柜，以及依墙而设、但不会产生拥堵感的壁柜，能够打造一个清爽的卧室（图3-63）。

3-63

◎ 配饰设计

现代社会生活节奏越来越快，人们承受了更大的工作压力，回到家后追求舒适的空间的欲望也越来越强，特别是在繁重工作后，一个温馨、浪漫的卧室，无疑是最为惬意的休憩港湾（图3-64）。

一般来说，温馨卧室的配饰主要通过布艺、饰品、灯光以及收纳、绿化等几个方面来实现。

（1）布艺一直是营造浪漫卧室的高手，一般用于床品、地毯、窗帘、靠垫等，但随着设计元素的多元化，布艺在卧室中的运用越来越多样化。如果想要卧室氛围更加浪漫，不妨用床幔来装饰，多种精细材料的搭配会让这种气质更富有灵气，比如丝绸与绢纱就可以拼接或穿插。而且，时下布艺的形式也更加多变，例如搭成卧室里波浪形的吊顶，给人温馨浪漫的感觉，使整个空间变得更有味道（图3-65）。布艺已经成为卧室里的搭配大师，把布艺饰品落到细节处，作为活动的装饰项目，也很适合展现主人的品位和生活情调，也是营造卧室气氛的点睛之笔（图3-66）。

3-64

3-65

3-66

3-67   3-68   3-69

（2）在卧室里，饰品的选择多种多样，其摆放方式也不拘一格，可以尽情发挥自己的创意。不过，一般来讲，饰品的选择最好还是与卧室的风格、色调相搭配，其摆放的位置也最好根据其本身的大小、高度、形状来决定。如果你想让卧室变得更为个性和贴心，不妨自己动手制作一些属于自己的饰品，它们会让你的卧室变得与众不同。饰品在卧室里不但能起到很好的装饰作用，它们还会代替你说话，表露出你的兴趣爱好（图3-67）。

（3）卧室的照明以间接或漫射为宜。室内用间接照明，顶棚的颜色要淡，反射光的效果才好，若用小型低瓦数聚光灯照明，顶棚应是深色，这样可营造出一个浪漫柔和感性的氛围。在照明设计上，光线柔和、可调控、无噪声等成为要考虑的基本因素。卧室内应有一盏悬挂式顶灯作为主灯，不需要太大，但却要足够温馨。除主灯外，卧室照明还应包括床头灯、落地灯或者壁灯。灯的开关应分别控制并进行归集，装在进门就能触及的地方和床头附近，以方便使用者在最短的时间里打开想要使用的灯（图3-68）。

（4）在不大的卧室里，床下的空间一定要好好运用，它可以为你解决很为头疼的难题，例如换季的被子、衣物等，床底下的空间就能帮你轻松解决。同时，还要充分利用卧室里的垂直空间，各式各样的隔板、悬吊式收纳袋、壁挂式收纳袋、挂钩等都是必备的法宝（图3-69）。它们能将你的杂志、书籍、皮带、围巾等杂物"藏"起来，并且拿取还非常方便。说到家具，当然要选择收纳功能强大的梳妆台、衣柜、床头柜，它们会让你的卧室变得井然有序。

（5）卧室的绿化原则是柔和、舒适、宁静，为了突出这个特点，卧室一般宜选用色彩柔和、具有安神作用的花卉和观叶植物为主，并随季节更换。矮柜上可放小型观叶植物；高柜上可放吊兰等垂性植物；阳光充足的窗台可放小颗的花卉，如秋海棠等；梳妆台上可放鲜插花，花香不宜太浓；墙角还可放中性的观叶植物。值得注意的是，卧室的植物宜精不宜多（图3-70）。

3-70

厨房

惬意的生活也许最能体现在厨房这样的操作空间中，居家生活中最繁杂，同时也是最美好的时光就是在此度过。休闲不是离开生活，而是在生活之中寻找更为舒适、轻松的感觉。温馨的厨房需要简洁、高格调、空间感强的颜色搭配，整齐、收纳功能强大的橱柜家具，同时还需要一些充满生活情调的装饰点缀，无论是精致的调味瓶还是清新的一盆绿植，都是相当不错的选择（图 3–71）。

3-71

◎ 颜色搭配

厨房作为家居中日常活动最为繁忙的空间，居住者在其中的活动以实用的操作为主。温馨的厨房环境会让人感觉心情舒畅，能够减缓人的疲劳感。相对于其他装修元素来说，色彩具有直接刺激人体感官的特性，因此，厨房颜色搭配的合理与否，将直接关系到人对空间的直接感受（图 3–72）。

3-72

一般来说，温馨厨房的颜色搭配应遵循简洁、明快，能体现空间感的原则进行。

（1）色彩不宜繁杂。厨房作为家庭烹饪操作、备餐的场所，空间有限，但是，其中的食品和用具较多，因此，在选择家具、室内装饰材料等的色彩时，应有重点，并注重基调的统一。厨房整体的大面积颜色也最好不要超过三种，若色彩过于繁杂，会使人产生杂乱感，引起视觉疲劳、心情烦乱。同时，各种颜色的反射会影响食物本来的颜色，影响烹饪效果（图 3–73）。

（2）色彩体现格调。厨房对卫生条件要求较高，浅浅的色调会给人以清洁、轻松的感觉，但必须考虑各种材质的搭配，以便清洁；木色、暖色调给人以温馨、稳重的感觉，也可以创造出良

3-73

3-74

3-75

好的气氛。在进行厨房的色彩设计时，不能孤立地考虑家具本身的色彩，还应注意照明、材质、采光、朝向等各种因素对空间色彩产生的影响。如在灯光不足的情况下，选择偏暖的浅色调，提高反射系数，将会弥补这一缺陷（图3-74）。

（3）色彩强调空间感。一般家庭的厨房空间都不大，如果将家具、各种用具、器皿的颜色统一起来，能够在感觉上扩大空间效果。而在开放式厨房的设计中，厨房的颜色要考虑与餐厅及起居室色彩相协调（图3-75）。

（4）家具色彩要高调。由于橱柜等家具在厨房空间里所占的比例很大，因此其色彩往往会左右环境的色彩。厨房家具色

3-76

彩的要求是能够表现出干净，使人愉悦的特征。对于厨房家具色彩明度的选择，应选择那些能提高室内照度，保证采光与卫生的色彩明度为主。无论是厨房环境大小，一般都采用明度较高的色彩，较高的厨房家具色彩明度能够表现环境明快、整洁卫生的特点（图3-76）。

◎ **家具布置**

厨房，在以往人们的印象中，是烟熏火燎的地方。然而科技的发展和进步，新产品的层出不穷改变了厨房的模样。现在的厨房由于厨房设备的出众功能，也能使这里变成一个温馨便捷的空间（图3-77）。

但是传统的厨房往往面积较小，要使它变得方便还需要注意一些布置方面的问题。

（1）家具布局要合理。由于厨房面积较小，因而在合理布局上显得尤为重要。在

布局上，通常以操作顺序为流程力求减少往返，避开同时操作的拥挤。厨房操作中心应该是洗和烧。这两项工作相对来说时间较长，两人同时操作的可能性较大，因此，根据洗池的位置来布置灶具和案桌是很重要的（图 3-78）。

厨房的空间体积不可能太大，因此充分利用空间也是重要的布置手段。可制作一些吊柜、吊架、小壁柜等，用工和用料不多，收益却不小。如灶具和桌案下可设小壁柜，上下两层，供放油盐酱醋等调味品以及碗碟之类的盛具，灶具上部可设挂物钩数只，专供挂锅铲、勺等炊具（图 3-79）。

（2）从厨房的使用功能要求出发。厨房功能是储存生活必备的食品和享调用品，以提供全家人的餐饮。其空间大致可分为储存、洗涤和烹调三个区域，家具所用的材料应牢固，各种设备应耐用并便于清理，还要考虑厨房功能需要的防热、防潮、隔声等特殊要求。从功能角度来说，厨房可以称为家庭的工作中心（图 3-80）。

（3）有效利用下部空间。提及空间的利用，人们往往会先想到客厅和卧室，因为这些地方面积大，人来人往频繁，而对厨房空间的利用则欠考虑，因其一般面积有限。但正因为其小，空间的合理安排与利用就尤显重要了（图 3-81）。

厨房的面积一般来说是有限的、不可能太大。但厨房里的东西却缺一不可。按其使用功能划分，有燃气灶、操作台、橱柜、水池以及各种瓶、罐、盆等，这里往往是家庭中最杂乱的地方。要将上述物品安排的有条有理、节省面积、整洁卫生、便于使用，最好的方法是用柜子把所有厨具封闭起来。在墙上设吊柜或壁柜，可以节省空间。如厨房与厅之间的隔墙，上部可以做成吊柜、折叠门，从而增大储藏空间，而且因架空避潮效果好；中部做成活动玻璃窗，既解决饭厅采光通风问题，又可传递饭菜；下部做成矮橱，厨房一面可以存放餐具、炊具、副食品；饭厅一面则可做

成柜架，竖向留出操作高度后，上部也可以设置一排吊柜作为碗橱、调料柜等（图3-82）。

◎ **配饰设计**

　　民以食为天，厨房在家庭生活中起着非常重要的作用。随着生活水平的逐步提高，烟熏火燎、昏暗油渍的厨房已经成为历史，人们渴望干净实用、美观大方的整体效果。尽管厨房的空间面积狭小，难以达到洁净、无污染的标准，但是，再小的厨房也能有温馨的感觉，只要精心安排、用心布置、锅碗瓢勺也能营造出绝对舒适的空间感受（图3-83）。

　　（1）现在的厨房，已经不再是四面白墙，几个木质橱柜的天下了。在厨房的后期配饰中，适当加入一些跳跃的色彩点缀，能够让人们在烹饪和就餐时享受到生活的多姿多彩（图3-84）。

　　（2）厨房中的调料瓶、储物罐最好都选用玻璃制品，不仅外形美观而且卫生、环保。目前，市场上的玻璃、金属、陶瓷制品非常丰富，造型各异、色彩纷呈，随便拿出一

个都堪称精美的艺术品，摆在厨房装油盐酱醋，有独特的装饰、美化效果。厨房油烟大，清洗工作是个难题，而玻璃瓶可以放在水里煮，既消毒又干净。目前的塑料制品还不能完全做到无毒无味，作为普通的消费者，还无法绝对分辨塑料制品的优劣，而玻璃制品则完全没有这方面的问题（图3-85）。

3-85

（3）合理的灯光布置也很重要。厨房灯光一般分成两个层次：一个是对整个厨房的照明，一个是对洗涤、准备以及操作的照明。整体照明选用造型简洁的吸顶灯或者内嵌式吊灯最为合适。而局部的照明一般在吊柜下部布置局部灯光，设置方便的开关装置。另外，现在的抽油烟机一般也自带灯光，对烹饪是足够了，没有必要另外布置（图3-86）。

（4）绿色植物不可缺少。绿色植物能消除疲劳、愉悦心情。还有一些植物能有效吸收厨房油烟。虽然只是一缕绿色，对厨房环境的营造，对业主心情的安慰都是不可缺少的（图3-87）。

3-86

（5）尽量选择造型精美的餐具。每一份餐具都是厨房一道亮丽风景，现代餐具的特点是分工越来越细，各种碗、盘、碟、杯形式各异，每一类餐具都有各自的特点，如果能够合理搭配，绝对是最为实用的装饰元素（图3-88）。

3-87

3-88

卫浴

一般而言，雅致、温馨的卫浴间不必追求空间的过多变化，线条的流畅、色调的和谐往往是其外在形式。称心的卫浴间往往只在满足功能性的基础上对空间稍加修饰即可，风格的特征并不明显，一般通过局部装饰来体现。空间的布置以简洁、方便为主，不要选择过于繁杂的装饰（图3-89）。

◎ 颜色搭配

色彩若运用得当，能改变整个卫浴空间的气氛，很多人希望洗浴环境有温暖的感觉，因此常采用暖色，如咖啡色、橙色和黄色等（图3-90）。但一些年轻的家庭，则不单采用一种色彩，而是大胆运用对比色系，或者使用新颖的现代画使小空间同样温暖如春（图3-91）。

色彩是温度催化剂，为了在视觉上产生暖烘烘的感觉，应选择明亮的色彩为主要背景色，对缺乏透明度与纯净感的色彩要敬而远之。在搭配上，要强调统一性和融合感，如果是几种颜色搭配，最好也采用大色块穿插布置的方式（图3-92）。

3-89

3-90

3-91

3-92

3-93

3-94

一般人都习惯把卫浴间铺上白色瓷砖加上白色平顶成为一个洁白世界，其实若有条件的话，不妨采用彩色瓷砖，如贴上粉红色的瓷砖，配上同色的浴缸与脸盆，那种逼人的浪漫情调很有暖意（图3-93）；若采用黄色系列，又会有一种如沐阳光的感觉。柔和的暖色调可增加空间的温暖与舒适感，同时还可以把人体肤色辉映得更健康、更富有光泽（图3-94）。

◎ 家具布置

3-95

许多人认为卫浴间没有什么家具，所以在卫浴间的装修过程中往往忽略了家具的布置，最后在使用过程中，要么感觉不方便，要么就是零碎的东西到处都是，这都是对卫浴间家具布置不够重视的结果（图3-95）。

一般家庭装修，没有必要追求过于奢华的效果，温馨、舒适就好。卫浴间的三大功能器具按照最为舒适的使用习惯进行布置，一般是按照洗、厕、浴的顺序，同时要注意合理地留出它们之间的间距，以免引起日后使用上的不便。在布置这三大功能区域的时候，一定要注意空间动线的流畅性，不能布置成"折线"，这会让人感觉不舒服，同时，还会让空间显得拘束（图3-96）。

另外，卫浴间有很多盥洗用具、清洁用品等。这些物品放在台面时，虽然用起来方便，但小小的卫浴间会因此显得杂乱不堪。所以，设法将它们藏起来，

3-96

又不影响使用，是很重要的。对于做了干湿分离的卫浴间，最好在洗手盆下设置一个整理柜，将日常使用的一些"零碎"都装起来，流畅的空间会大大增添舒适的效果（图 3-97）。如果没有做干湿分离，则可以在离洗浴区域远的一边，设置一个吊柜。若是新居更可以考虑在洗脸盆的上部及周边空间做整齐的吊柜等贮物家具，以便放置洗漱用品及与季节性有关的物品（图 3-98）。

◎ 配饰设计

在卫浴间设计中，视觉舒适性首先就表现在照明的照度和光色上。由于卫浴间内设施及墙面都比较光滑，极易产生眩光。一般常采用扩散型灯具、半间接型灯具或间接型灯具。此外化妆处的灯具应位于人们化装时的视野范围以外，使人在镜面内看不到灯具。灯具要尽量安装在镜面的上方，紧贴镜面处，从人的斜前方照亮面部（图 3-99）。

卫浴间的整体照明应采用不易产生眩光的灯具和措施。为了掩饰影响观感的各式管道，经过吊顶处理后的卫生间，难免低矮了一些。而处于整体照明地位的顶棚光源，距离人的视平线相对近了。因此要采取一定的措施，使光线照度适宜，没有眩光直刺入目（图 3-100）。

3-101

3-102

3-103

卫浴间是另一个需要好好解决收纳问题的生活空间，应为它里面的物品更零散，更难以整齐收纳。与浴室柜一体的台式洗面盆以及挂壁式镜柜，可以化腐朽为神奇，尤其适合面积不太大的卫浴间（图3-101）。

合理的装饰点缀是营造温馨效果的最佳手段，在卫浴间的角落放盆绿花（图3-102），或者在空余的墙上挂幅玻璃马赛克壁挂（图3-103），又或者是在洗脸盆下端放上一只造型别致的整理筐等，既可以保证实用上的功能，同时又起到很好的装饰美化作用。

阳台

阳台的空间结构和使用功能相对单一，要想获得温馨的效果，其空间布置形式都宜简不宜繁，效果最好不要过于突出。作为家居与室外空间的衔接窗口，它主要起到转换与衔接的作用，其空间形式特点最好能与外部空间融为一体。阳台的颜色与配饰较为简单，绝大多数家庭都能够布置得很好，营造阳台温馨环境最为重要的因素就在于根据不同的使用功能而配置与之相对应的家具组合（图3-104）。

◎ 颜色搭配

对于阳台的颜色搭配，其实最为重要的就是采光，大自然的色彩是对阳台最好的美化，这也最符合阳台的空间特性。通常情况下，阳台的硬装颜色很少，要么延用楼外表面的色彩，要么就

3-104

3-105

3-106

是干干净净的白色或者灰色。如果想营造出温馨而亮丽的阳台效果，不妨在时下兴起的阳台窗帘上下点功夫，既简单，效果又明显（图3-105）。

　　窗帘的设置给阳台提供了一个大面积的装饰背景，通过窗帘的色彩变化，带给阳台多姿多彩的空间效果。简单而鲜艳的色彩搭配布艺的柔美带来简洁优雅的空间环境，生活的美好在居住空间得到很好地伸展。明亮色清新亮丽，可以使人产生心情愉悦的视觉感受，具有较强的视觉冲击力，也能获得醒目的空间装饰效果，例如明黄色、草绿色以及湖蓝色等（图3-106）。

◎ 家具布置

　　从根本意义上说，阳台是没有任何家具的，传统意义上的阳台，只是室内外环境的一个交换端口，最大的实用功能便是利用自然的阳光晾晒衣物。由于居住面积的限制，一些业主往往会在阳台上堆放洗衣机或一些杂物，久而久之阳台便成了个杂物堆，自然体现不出温馨、舒适的居家感觉（图3-107）。

3-107

　　阳台的家具来源于对其功能的转变，通过各种形式的改变，赋予阳台休闲、学习、洗理等各种不同的功能，由此带来了不同的布置方式。

　　（1）休闲之地。如果想让室内空间增大，可以将阳台和居室打通，选择落地窗既能保留阳台的感觉，又有较强的私密性和装饰效果。在装修初期，将卧室与小阳台的地面选择同样的地板，会更有延续性。在落地窗下摆放两把有造型的椅子和一张茶几，喝茶、看书，带来非常惬意的生活享受（图3-108）。

　　（2）学习场所。很多家庭都没有独立的书房，如果将阳台与居室打通，一个书架就可以让它成为独立的书房。在靠墙的一面安装上固定的书架，或者是书架、书桌相连的家具，另外一边则可以摆放茶几和椅子，书房加小工作室的感觉立马呈现。如果能自己定做一款合适的书架，那再好不过了。深褐色云杉木质地，有一种非常自然的味道，且占用的空间不大，比较适合摆放在阳台上（图3-109）。

◎ 配饰设计

　　阳台最主要的功能，就是让主人能摆脱室内的封闭环境，呼吸室外新鲜空气，沐浴暖暖的阳光，享受美好的室外环境（图3-110）。

3-108

3-109

3-110

温馨的阳台在后期配饰上，主要可以从以下几个方面着手：

（1）花草装饰。绿色植物就如春的使者，撩起人们对美好生活的种种遐想，带来浓浓的生命气息。绿叶和红花几乎是绝配，在平平淡淡中绽放活力，在白墙木地中释放热情，深呼吸一口，满胸透心凉的清爽与舒适（图3-111）。

（2）善用灯光。灯光一向都是调情的高手，在它们的精心打造下，夜晚的阳台可以更加迷人。很多人忙碌了一天，晚上才可以在阳台上坐坐，一盏吸顶灯显然是不够的，选用一些造型别致的吊灯、地灯、壁灯，营造出一种诗情画意的氛围（图3-112）。

（3）材质表现最自然的美丽。阳台是居室中最接近自然的地方，所以应尽量考虑用自然的材料，避免选用瓷片、条形砖这类人工的、反光的材料。而且，纯天然的材料比较容易与室内装修融为一体，用于地面和墙身都很合适。例如，天然石和鹅卵石装修的阳台，光着脚踏上去，让肌肤和地面产生最亲密的接触，感觉非常舒服自在（图3-113）。

人人都希望拥有一个舒适的居家环境，但美化家居不一定要花大钱。现代人都希望拥有一个养眼的居家环境，但装修家居素来开销不小，尤其是目前建材的价格上涨，如何在节省开销的情况下，营造出一个舒适的家居，这里面材料的应用及选购是否得当至关重要。同样的效果，也许张三只花了五万元，而李四却要花费六万；或者同样的费用，张三家的装修效果就比李四家的要显得高档，这都是在装修过程中，材料选用是否得当所导致的。

家居装修材料的应用一定要与空间的整体规划相一致，你不能用高档材料去装修出实用的感觉，反之你也无法用便宜的材料，营造出奢华的效果。选用何种材料从某种意义上讲，本身就已经决定了家居装修的档次与效果。大体上讲，能够很好表现出温馨效果的主要装修材料除了乳胶漆、石膏板、五金及灯具这些最为基础的装修材料外，主要有主要有抛光瓷砖、壁纸、纤维板材、窗帘以及一种效果不错的玻璃材料等。

瓷砖

瓷砖有六大优势（图 4-1 ~ 图 4-3 ）：

低吸水率：吸水率低，仅为 0.1% 以下，比天然石材低 5 ~ 30 倍，常年使用，绝无变色，不留痕迹始终如新。

高耐磨：瓷砖由高温烧制而成，耐磨度极高。

尺寸均匀：采用电脑化的生产与检查设备，尺寸均匀平整，易于施工。

耐酸性：在工业化过程中，酸雨日益严重，已成为工业环境污染的主要原因，大多品牌瓷砖均采用特种配方，高温烧成，耐酸耐碱，不留污泽，易于清洗。

无辐射：瓷砖原料无辐射，创造零危害的自然空间，是一种安全建材。

零污染：绿色环保无污染，实现对环境的零污染。

4-1

4-2

4-3

◎ 抛光砖

抛光砖的特性及种类

抛光砖就是通体坯体的表面经过打磨而成的一种光亮的砖种，是通体砖的一种。相对于通体砖的平面粗糙而言，抛光砖外观光洁，质地坚硬耐磨。通过渗花技术可制成各种仿石、仿木效果。但是，抛光砖有一个很明显的缺点：易脏。这是抛光砖在抛光时留下的凹凸气孔造成的，这些气孔会藏污纳垢。另外，一些优质的抛光砖都会增加一层防污层（图4-4、图4-5）。

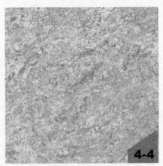

4-4

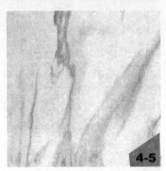

4-5

抛光砖的品种名称繁多，如天之石系列、云影石系列、白玉渗花系列、雪花白石系列、彩虹石系列、彩云石系列、天韵石系列、金花米黄系列、真石韵系列、流星雨系列等。

抛光砖的应用

目前抛光砖主要被使用在家居的客厅、餐厅和玄关处。客厅是家中最大的休闲、活动空间，是家人相聚、娱乐会客的重要场所，明亮舒适的光线有助于营造愉悦的相处气氛的，在休闲时视觉减轻眼睛的负担。由于客厅的功能性所在，其地面材料就要求坚硬耐磨，而抛光砖就是一个不错的选择。在不同情形和时段都可满家居装饰时，色彩是最易出效果、最能表达个性的一个元素，色彩运用恰当、搭配合理的居室，比单纯用贵重材料简单堆砌更能令人赏心悦目（图4-6）。

客厅的灯光有两个功能，实用性的和装饰性的。为使家人在日常的生活中，诸如阅读报纸、看电视、玩电脑等，能有恰当的照明条件，必须在设计时就考虑各种可能性。而另一方面，灯光的设计不能忽视"折射"的作用，正确合理的运用"折射"的特性，既达到了设计的效果，又节省了开支。作为客厅中装修面积最大的一项——地面，它的"折射"作用是最不容忽视的，而这一特性是通过地砖来实现的，抛光砖就是不错的选择之一（图4-7）。

4-6

4-7

客厅是家居中活动最频繁的一个区域，因此如何扮靓这个空间就显得尤为关键。一般来说，客厅设计要求空间的宽敞化。客厅的设计中，制造宽敞的感觉是一件非常重要的事，不管空间是大还是小，在室内设计中都需要注意这一点。宽敞的感觉可以带来轻松的心境和欢愉的心情。而对于地砖的使用就要注意，尽量要用大尺寸的地砖，且排列规则有序，不能有琐碎之感。

同时，地砖的样式、花色等对空间的设计风格也起到了极其重要的作用。如现代风格的居室，适合使用白色或比较淡的颜色的地砖；怀旧风格的居室，推荐使用带有图案的"仿石、木"系列地砖等（图4-8）。

4-8

除此之外，为了追求更好的效果和使用舒适度，抛光砖也被运用到卫生间中，其光洁亮丽的外表，给人以不同的感受（图4-9）。

抛光砖的一般规格有（长×宽×厚）400mm×400mm×6mm、500mm×500mm×6mm、600mm×600mm×8mm、800mm×800mm×10mm、1000mm×1000mm×10mm等几种。

4-9

抛光砖的选购

在选购抛光砖时，应注意以下几点：

（1）抛光砖表面应光泽亮丽、有无划痕、色斑、漏抛、漏磨、缺边、缺脚等缺陷。把几块砖拼放在一起应没有明显色差，砖体表面无针孔、黑点、划痕等瑕疵。

（2）注意观察抛光砖的镜面效果是否强烈，越光的产品硬度越好，玻化程度越高，烧结度越好，而吸水率就越低。

（3）用手指轻敲砖体，若声音清脆，则瓷化程度高，耐磨性强，抗折强度高，吸水率低，且不易受污染；若声音混哑，则瓷化程度低（甚至存在裂纹），耐磨性差、抗折强度低，吸水率高，极易受污染。

（4）以少量墨汁或带颜色的水溶液倒于砖面，静置两分钟，然后用水冲洗或用布擦拭，看残留痕迹是否明显，如只有少许残留痕迹，则砖体吸水率低，抗污性好，理化性能佳，如有明显或严重痕迹，则砖体玻化程度低，质量低劣。

抛光砖主要应用于室内的墙面和地面，其表面平滑光亮，薄轻但坚硬。但由于抛光砖本身易脏，因此要多加注意，可在施工前打上水蜡以止防污染。另外，在使用中也要注意保养。

板材

◎ 纤维板

纤维板的种类及特点

纤维板（又称密度板）是用木材或植物纤维为主要原料，加入添加剂和粘结剂，在加热加压条件下，压制而成的一种板材。纤维板因做过防水处理，其吸湿性比木材小，形状稳定性、抗菌性都较好（图4-10）。

纤维板结构均匀，板面平滑细腻，容易进行各种饰面处理，尺寸稳定性好，芯层均匀，厚度尺寸规格变化多，可以满足多种需要。根据容重不同，纤维板分为低密度、中密度和高密度板。

4-10

纤维板一般型材规格为1220mm×2440mm，厚度3~25mm不等。纤维板可以按照原料、处理方式和容重的不同分为好几种，见下表，通常情况下，家庭装修所用的大多数是中密度纤维板。

纤维板的种类

按原料分类	木质纤维板	用木材加工废料加工而成
	非木质纤维板	以芦苇、稻草等草本植物和竹材等加工而成
按处理方式分类	特硬质纤维板	经过增强剂或浸油处理的纤维板，强度和耐水性好，室内外均可使用
	普通硬质纤维板	没有经过特殊处理的纤维板
按容重分类	高密度纤维板	容重大于800kg/m^3
	中密度纤维板	容重为500~700kg/m^3
	低密度纤维板	容重小于400kg/m^3

中密度纤维板是以木质纤维或其他植物纤维为原料，施加脲醛树脂或其他合成树脂，在加热加压条件下压制而成的密度在0.50 ~ 0.88g/cm^{3}范围的板材，也可以加入其他合适的添加剂以改善板材特性。中密度纤维板具有良好的物理力学性能和加工性能，可以制成不同厚度的板材，因此被广泛用于室内装修行业。

其主要特点和性能有：

（1）内部结构均匀，密度适中，尺寸稳定性好，变形小；静曲强度、内结合强度、弹性模量、板面和板边握螺钉力等物理力学性能均优于刨花板。

（2）表面平整光滑，便于二次加工，可粘贴旋切单板、刨切薄木、油漆纸、浸渍纸，也可直接进行油漆和印刷装饰。

（3）中密度纤维板幅面较大，板厚也可在2.5~35mm范围内变化，可根据不同用途组织生产；机械加工性能好，锯截、钻孔、开榫、铣槽、砂光等加工性能类似木材，有的甚至优于木材。

（4）容易雕刻及铣成各种型面、形状的家具零部件，加工成的异形边可不封边而直接进行油漆等涂饰处理；可在中密度纤维板生产过程中加入防水剂、防火剂、防腐剂等化学药剂，生产特种用途的中密度纤维板。

纤维板的应用

目前，纤维板被广泛用于制作家具背板、抽屉底板、画板、棋盘、镜框背板、屏风、棚板、雕刻花纹、高档家具、高档画框等（图4-11）。

4-11

纤维板的选购

在选购纤维板时，应注意以下几点：

（1）纤维板应厚度均匀，板面平整、光滑，没有污渍、水渍、粘迹。

（2）四周板面细密、结实、不起毛边。

（3）注意吸水厚度膨胀率。如不合格将使纤维板在使用中出现受潮变形甚至松脱等现象，使其抵抗受潮变形的能力减弱。

（4）用手敲击板面，声音清脆悦耳，均匀的纤维板质量较好。声音发闷，则可能发生了散胶问题。

（5）注意甲醛释放量超标。纤维板生产中普遍使用的胶粘剂是以甲醛为原料生产的，这种胶粘剂中总会残留有反应不完全的游离甲醛，这就是纤维板产品中甲醛释放的主要来源。甲醛对人体黏膜，特别是呼吸系统具有强刺激性，会影响人体健康。

（6）找一颗钉子在纤维板上钉几下，看其握螺钉力如何，如果握螺钉力不好，在使用中出现结构松脱等现象。

（7）拿一块纤维板的样板，用手用力掰或用脚踩，以此来检验纤维板的承载受力和抵抗受力变形的能力。

◎ 实木复合地板

实木复合地板的种类及特点

实木复合地板分为三层实木复合地板和多层实木复合地板，而家庭装修中常用的是三层实木复合地板。三层实木复合地板是由三层实木单板交错层压而成，其表层为优质阔叶材规格板条镶拼板，树种多用柞木、榉木、桦木、水曲柳等；芯层由普通软杂规格木板条组成，树种多用松木、杨木等；底层为旋切单板，树种多用杨木、桦木、

4-12

4-13

4-14

松木等（图4-12、图4-13）。

实木复合地板具有天然木质感、容易安装维护、防腐防潮、抗菌且适用于电热等优点。其表层为优质珍贵木材，不但保留了实木地板木纹优美，自然的特性，而且大大节约了优质珍贵木材的资源。表面大多涂以五层以上的优质UV涂料，不仅有较理想的硬度、耐磨性、抗刮性，而且阻燃、光滑，便于清洁。芯层大多采用廉价的材料，成本要低于实木地板很多，其弹性、保暖性等也完全不亚于实木地板。

实木复合地板的应用

由于实木复合地板优异的结构特点，从技术上保证了地板的稳定性，使其不容易变形，更易使用。实木复合地板采用的实体木材和环保胶粘剂通过先进的生产工艺加工制成，符合国家环保强制性标准要求，因此也适合应用在儿童房中。此外，实木复合地板有适当的弹性，摩擦系数适中，也适合使用于书房当中（图4-14）。

实木复合地板的选购

在选购实木复合地板时，应注意以下几点：

（1）要注意实木复合地板各层的板材都应为实木，而不像强化复合地板以中密度板为基材，两者无论在质感上，还是价格上都有很大区别。

（2）实木复合地板的木材表面不应有夹皮树脂囊、腐朽、死结、节孔、冲孔、裂缝和拼缝不严等缺陷；油漆应丰满，无针粒状气泡等漆膜缺陷；无压痕、刀痕等装饰单板加工缺陷。木材纹理和色泽应和谐、均匀，表面不应有明显的污斑和破损，周边的榫口或榫槽等应完整。

（3）并不是板面越厚，质量越好。三层实木复合地板的面板厚度以 2 ~ 4mm 为宜，多层实木复合地板的面板厚度以 0.3 ~ 2.0mm 为宜。

（4）并不是名贵的树种性能才好。目前市场上销售的实木复合地板树种有几十种，不同树种价格、性能、材质都有差异，但并不是只有名贵的树种性能好，应根据自己的居室环境、装饰风格、个人喜好和经济实力等情况进行购买。

（5）实木复合地板的价格高低主要是根据表层地板条的树种、花纹和色差来区分的。表层的树种材质越好，花纹越整齐，色差越小，价格越贵；反之，树种材质越差，色差越大，表面结疤越多，价格就越低。

（6）购买时最好挑几块试拼一下，观察地板是否有高低差，较好的实木复合地板其规格尺寸的长、宽、厚应一致，试拼后，其榫、槽接合严密，手感平整，反之则会影响使用。同时也要注意看它的直角度、拼装离缝度等。

（7）在购买时还应注意实木复合地板的含水率，因为含水率是地板变形的主要条件。可向销售商索取产品质量报告等相关文件进行查询。

（8）由于实木复合地板需用胶来粘合，所以甲醛的含量也不应忽视，在购买时要注意挑选有环保标志的优质地板。可向销售商索取产品质量测试数据，因为我国国标已明确规定，采用穿孔萃取法测定若小于 40mg/100g 以下才符合国家标准。或者从包装箱中取出一块地板，用鼻子闻一闻，若闻到一股强烈刺鼻的气味，则证明空气中甲醛浓度已超过标准，要小心购买。

壁纸

墙纸的发源地在欧洲，目前以北欧发达国家最为普及，环保性及品质最好；其次是东南亚国家，在日本、韩国墙纸的普及率也高达近 90%。在我国，壁纸因其图案的丰富多彩、施工方便快捷，而在家庭装饰中受到广泛的采用（图 4-15）。

4-15

壁纸的种类

（1）纸面壁纸。纸面壁纸是发展最早的墙纸。在纸面上印有各种花纹图案，基底透气性好，能使墙体基层中的水分向外散发，不致引起变色、鼓包等现象。这种墙纸比较便宜，但性能差、不耐水、不耐擦洗，容易破裂，也不便于施工，已逐渐被淘汰，属于低档墙纸（图 4-16）。

4-16

4-17

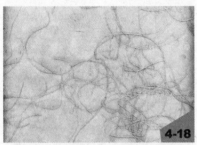

4-18

4-19

4-20

（2）塑料壁纸。塑料壁纸是以优质木浆纸为基层，以聚氯乙烯塑料为面层，经印刷、压花、发泡等工序加工而成。塑料壁纸品种繁多，色泽丰富，图案变化多端，有仿木纹、石纹、锦缎的，也有仿瓷砖、黏土砖的，在视觉上可达到以假乱真的效果。是目前被使用最多的一种壁纸（图4-17）。

（3）纺织壁纸。纺织壁纸又称纺织纤维墙布或无纺贴墙布，其原材料主要是丝、棉、麻等纤维，由这些原料织成的壁纸（壁布）具有色泽高雅、质地柔和、手感舒适、弹性好的特性。纺织壁纸是较高档的品种，质感好、透气，用它装饰居室，给人以高雅、柔和、舒适的感觉（图4-18、图4-19）。

壁布作为壁纸的另一种表现形式，它的质感丰厚，在视觉效果上带给人软性、温和的情绪，整体感觉大方、华丽。特别适合家居室内装饰和各种高要求场合的装饰，如儿童房、餐厅等空间（图4-20）。

壁布是一种比较高档的装饰材料，价格要比壁纸高一些。它以米为计算单位，随不同的幅宽、材质、工艺的不同而不同，一般宽1200mm，长度可以随意裁剪，价格一般在20～40元/m，羊毛壁布的价格要稍高一些，大约48元/m。

壁布的出现，改变了以往家居墙面"素面朝天"的现象。随着人们生活情趣与审美素质的日益提高，相信墙面会越来越充满个性，越来越艺术化与人性化。壁布让我们的家充满"花"样年华的味道。

（4）玻纤壁纸。玻纤壁纸也称玻璃纤维墙布。它是以玻璃纤维布作为基材，表面涂树脂、印花而成的新型墙壁装饰材料。它的基材是用中碱玻璃纤维织成，以聚丙烯、酸甲酯等作为原料进行染色及挺括处理，形成彩色坯布，再以乙酸乙酯等配置粮食色浆印花，经切边、卷筒成为成品。玻纤墙布花样繁多，色彩鲜艳，在室内使用不褪色、不老化，防火、防潮性能良好，可以刷洗，施工也比较简便（图4-21、图4-22）。

壁纸的应用

求新求变是家庭装饰装修一个永恒的话题，经常会听到设计师建议：利用家具的陈列分割空间，通过饰品的摆放营造气氛。其实，在崇尚简约装修风格的今天，更应该关注墙壁，因为墙壁的色彩图案变幻能无限延展你的生活内涵。即使家徒四壁，你也能通过风格独特的壁纸营造出无限风光。不过壁纸虽然好用，也要用得恰如其分，否则就会适得其反。

壁纸在家居中的应用非常广泛，从客厅到卧室再到餐厅甚至玄关、过道等细部空间都能见到它们的身影。壁纸的应用主要还是从颜色以及图案来做选择。壁纸的颜色一般分为冷色和暖色，暖色以红黄、橘黄为主，冷色以蓝、绿、灰为主。壁纸的色调如果能与家具、窗帘、地毯、灯光相配衬，居室环境则会显得和谐统一。对于卧室、客厅、餐厅各自不同的功能区，最好选择不同的墙纸，以达到与家具和谐的效果。如：暗色及明快的颜色适宜用在餐厅和客厅（图4-23）；冷色及亮度较低的颜色适宜用在卧室及书房（图4-24）；面积小或光线暗的房间，宜选择图案较小的壁纸（图4-25）等。

4-24

4-21

4-22

4-23

4-25

4-26

4-27

4-28

竖条纹状图案可以在感官上增加居室高度，长条状的花纹壁纸具有恒久性、古典性、现代性与传统性等各种特性，是最合适的选择之一。长条状的设计可以把颜色用最有效的方式散布在整个墙面上，而且简单高雅，非常容易与其他图案相互搭配（图4-26）。大花朵图案可以降低居室的拘束感，适合格局较为平淡的房间（图4-27）。而细小规律的图案则可以增添居室秩序感，为居室提供一个既不夸张又不会太平淡的背景（图4-28）。

选择壁纸，最好在铺贴面积的基础上多买10%用来拼花色。或许就是因为这10%，能够让你充分享受到小时候上手工课的乐趣。

如果你选择了纸质壁纸，那么可以发挥灵感的方式就会很多，比如说可以铺贴，可以折叠，也可以作为家具书本、箱子的封面，其实许多卖场的漂亮箱子就是因为穿着这层"外衣"而价格飙升。如果你选择的壁纸质地比较硬比如PVC材料，或者含有纤维材料以及玻璃材料的，这样的壁纸不太容易折叠，那么可以干脆把漂亮的图案裁下来，放上镜框当成风景画，营造颇具创意的装饰。

壁纸的选购

在购买壁纸时，要确定所购的每一卷壁纸都是同一批货，壁纸每卷或每箱上应注明生产厂名、商标、产品名称、规格尺寸、等级、生产日期、批号、可拭性或可洗性符号等。一般情况下，可多买一卷额外的壁纸，以防发生错误或将来需要修补时用。

壁纸运输时应防止重压、碰撞及日晒雨淋，应轻装轻放，严禁从高处扔下。壁纸应贮存在清洁、荫凉、干燥的室内，堆放应整齐，不得靠近热源，保持包装完整，裱糊前才拆包。在使用之前务必将每一卷壁纸都摊开检查，看看是否有残缺之处。墙纸尽管是同一编号，但由于生产日期不同，颜色上有可能出现细微差异，而每卷墙纸上的批号即代表同一颜色，所以在购买时还要注意每卷墙纸的编号及批号是否相同。

壁纸质量的好坏一般从以下几个方面来鉴别：

1）天然材质或合成（PVC）材质，简单的方法可用火烧来判别。一般天然材质燃烧时无异味和黑烟，燃烧后的灰尘为粉末白灰，合成（PVC）材质燃烧时有异味及黑烟，燃烧后的灰为黑球状。

2）好的壁纸色牢度可用湿布或水擦洗而不发生变化。

3）选购时，可以贴近产品闻其是否有异味，有味产品可能含有过量甲苯、乙苯等有害物质，不宜购买。

4）壁纸表面涂层材料及印刷颜料都需要仔细挑选，这样才能保证墙纸经长期光照后（特别是浅色、白色墙纸）不发黄。

5）看图纹风格是否独特，制作工艺是否精良。

壁纸的用量计算

选购壁纸就跟用涂料涂装墙面一样，要测算好自家各个房间所需的具体铺装面积，最好能请专业人士进行现场量度，在购买时还应预留多一卷的面积，否则就会因为用量不够，需分次购买而造成色差，影响到整体的装饰效果。购买壁纸之前可估算一下用量，以便买足同批号的壁纸，减少不必要的麻烦，避免浪费。壁纸的用量可用下面的公式计算：

壁纸用量（卷）= 房间周长 × 房间高度 ×（100 + K）%，公式中，K 为壁纸的损耗率，一般为 3 ~ 10。K 值的大小与下列因素有关。

1）图案大图案比小图案的利用率低，因而值略大；需要对花的图案比不需要对花的图案利用率低，K 值略大；同排列的图案比横向排列的图案利用率低，K 值略大

2）裱糊面复杂的要比普通平面的用量大，K 值高。

3）拼接缝壁纸利用率高，K 值最小，重叠裁切拼缝壁纸利用率最低，K 值最大。

壁纸认识上的误区

1）认为壁纸有毒，对人体有害。这是个错误的观点。从壁纸生产技术、工艺和使用上来讲，并不含铅和苯等有害成分。与其他化工建材相比，可以说壁纸是没有毒性的；从应用角度讲发达国家使用壁纸的量和面，远远超过我们国家。技术和应用都说明壁纸是没有毒性的，对人体是无害的。

2）认为壁纸使用时间短。不愿经常更换、怕麻烦，这是陈旧和落后的观念。壁纸的最大特点就是可以随时更新，经常不断改变居住空间的气氛，常有新鲜感。如果每年能更换一次，改变一下居室气氛，无疑是一种很好的精神调节和享受。国外发达国家的家庭有的一年一换，有的一年换两次，尤其是重大节日都要换一下家中的壁纸。

3）认为贴壁纸容易脱落。容易脱落不是壁纸本身的问题，而是粘贴工艺和胶水的质量的问题。使用壁纸不但没有害处，而且有四大好处：一是更新容易；二是粘贴简便；三是选择性强；四是造价便宜。

4-29

4-30

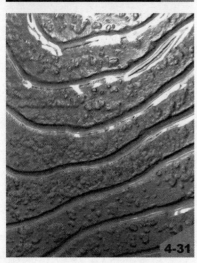

4-31

玻璃

◎ 钢化玻璃

钢化玻璃又称强化玻璃。它是通过加热到一定温度后再迅速冷却的方法进行特殊处理的玻璃。它的特性是强度高、耐酸、耐碱，其抗弯曲强度、耐冲击强度比普通平板玻璃高 3 ~ 5 倍（图 4-29）。

钢化玻璃的安全性能好，有均匀的内应力，破碎后呈网状裂纹。当其被撞碎时各个碎块不会产生尖角，不会伤人。可制成曲面玻璃、吸热玻璃等，一般厚度为 2 ~ 5mm。其规格尺寸为 400mm×900mm、500mm×1200mm。

钢化玻璃属于安全玻璃，广泛应用于对机械强度和安全性要求较高的场所，如玻璃门窗、外部幕墙、立面窗、室内隔断、家具、靠近热源及受冷热冲击较剧烈的隔断屏等。

◎ 雕刻玻璃

雕刻玻璃（又称雕花玻璃）是在普通平板玻璃上，用机械或化学方法雕出图案或花纹的玻璃。雕花图案透光不透明，有立体感，层次分明，效果高雅（图 4-30）。

雕花玻璃是家居装修中很有品位的一种装饰玻璃，所绘图案一般都具有个性"创意"，能够反映居室主人的情趣所在和对美好事物的追求。雕花玻璃可任意加工，常用厚度为 3mm、5mm、6mm，尺寸从 150mm×150mm 到 2500mm×1800mm 不等。

◎ 热熔玻璃

热熔玻璃是采用特制的热熔炉，以平板玻璃为基料和无机色料等作为主要原料，设定特定的加热程序和退火曲线，在加热到玻璃软化点以上时，料液经特制成型模的模压成型后加以退火而成，必要的时候，可对其在进行雕刻、钻孔、修裁、切割等后道工序再次精加工（图 4-31）。

热熔玻璃具有图案丰富、立体感强，解决了普通平板玻璃立面单调呆板的感觉，使玻璃面有线条和生动的造型，满足了人们对建筑、装饰等风格多样和美的追求；热熔玻璃具有吸声效果，光彩夺目，格调高雅，其珍贵的艺术价值是其他玻璃产品无可比拟的。

热熔玻璃产品种类较多，目前已经有热熔玻璃砖、门窗用热熔玻璃、大型墙体嵌入玻璃、隔断玻璃、一体式卫浴玻璃洗脸盆、成品镜边框、玻璃艺术品独特的玻璃材质和艺术效果而十分广泛，常应用于隔断、屏风、门、柱、台面、文化墙、玄关背景、顶棚等装饰部位。

◎ 玻璃的选购

玻璃材料是家庭装修中常用的装饰材料之一，是家庭生活中必不可少的材料，在选购时应注意以下几点：

（1）检查玻璃材料的外观，看其平整度，观察有无气泡、夹杂物、划伤、线道和雾斑等质量缺陷。存在此类缺陷的玻璃，在使用中会发生变形或降低玻璃的透明度、机械强度以及玻璃的热稳定性。

（2）选购空心玻璃砖时，其外观质量不允许有裂纹，玻璃坯体中不允许有不透明的未熔融物，不允许两个玻璃体之间的熔接及胶接不良。目测砖体不应有波纹、气泡及玻璃坯体中的不均质所产生的层状条纹。玻璃砖的大面外表面里凹应小于1mm，外凸应小于2mm，重量应符合质量标准，无表面翘曲及缺口、毛刺等质量缺陷，角度要方正。

（3）在运输玻璃材料时，应注意采取防护措施。成批运输时，应采用木箱装，并做好减震、减压的防护；单件运输时，也必须栓接牢固，加减震、减压的衬垫。

▮ 织物

◎ 化纤地毯

化纤地毯的种类及特点

化纤地毯是以化学纤维为主要原料制成。化纤地毯的出现弥补了纯毛地毯价格高，易磨损的缺陷。其种类较多，如聚丙烯纤维（丙纶）、聚丙烯腈纤维（腈纶）、聚酯纤维（涤纶）、尼龙纤维（锦纶）地毯等。化纤地毯一般由面层、防松层和背衬三部分组成。面层以中、长簇绒制作。防松层以氯乙烯共聚乳液为基料，添加增塑剂、增稠剂和填充料，以增强绒面纤维的固着力，背衬是用胶粘剂与麻布粘结胶合面成。

化纤地毯外观与手感类似羊毛地毯，具有吸声、保温、耐磨、抗虫蛀等优点，但弹性较差，脚感较硬，易吸尘积尘。化纤地毯价格较低，能为大多数消费者采用。

化纤地毯中的锦纶地毯耐磨性好，易清洗、不腐蚀、不虫蛀、不霉变，但易变形，易产生静电，遇火会局部熔解；涤纶地毯耐磨性仅次于锦纶，耐热、耐晒，不霉变、不虫蛀，但染色困难；丙纶地毯质轻、弹性好、强度高，原料丰富，生产成本低；腈纶地毯柔软、保暖、弹性好，在低伸长范围内的弹性回复力接近于羊毛，比羊毛质轻，

4-32

不霉变、不腐蚀、不虫蛀，缺点是耐磨性差。

化纤地毯的应用

化纤地毯的装饰效果主要取决于地毯表面结构的形式，表面的结构不同，装饰效果也有很大的区别。一般有平面毛圈绒头结构、多层绒头高低针结构、割绒（剪毛）结构、长毛绒结构、起绒（粗绒）结构（图4-32）。

平面毛圈绒头结构的特点是全面平圈高度一致，未经剪割，表面平滑，结实耐用；多层绒头高低针结构的特点是地毯毛圈绒头高度不一致，表面起伏有致，富有雕塑感，花纹图案好像刻在地毯上；割绒（剪毛）结构的特点是把毛圈顶部剪去，毛圈即成两个绒束，地毯表面给人以优雅纯静，一片连绵之感；长毛绒结构的特点是绒头纱线较为紧密，用料严格。有"色光效应"，使色泽变化多姿，或浓淡，或明暗；起绒（粗绒）结构的特点是数根绒紧密相集，产生小结块效应，地毯非常结实，适用于活动频繁的场所使用。

在应用化纤地毯美化家居环境的时候，主要从其图案和花纹来进行挑选：

（1）素色地毯颜色单一，并且一般没有边框装饰。比较适合现代风格的居室使用，给人一种含蓄而沉稳的居室氛围（图4-33）。

（2）乱花地毯多以大花为装饰主题，并配以藤蔓卷草，造成一种无始无终的匀致画面感。比较适合客厅这样的宽敞且布置较复杂的空间（图4-34）。

（3）阵列式地毯以几何图案为主，并且以一定的几何网络进行布局。色彩浓淡艳素均可。一般比较适合较为时尚的家居环境，而目前，与古典居室的搭配也逐渐成为新的搭配潮流（图4-35）。

（4）古典地毯从构图上看，各种文化背景的传统地毯设计都遵循着中心发散式构图原则。即往往选择地毯的几何中心位置作为重点装饰图案，然后在边沿位置进行勾边装饰，有的还会在中心与边框之间再做一层装饰图案。由于其图案繁琐，色彩丰富，具有极强的装饰性，故多作为挂毯来装饰墙面（图4-36）。

4-33

4-34

4-35

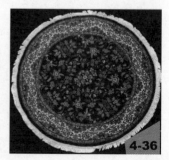
4-36

化纤地毯的选购

化纤地毯由于其材料的特殊性，在选购时相对其他种类的地毯稍微简单一些，主要有以下几个方面需要注意：

（1）检测色牢度，色彩多样的地毯，质地柔软，美观大方。选择地毯时，可用手或试布在毯面上反复摩擦数次，看其手或拭布上是否粘有颜色，如粘有颜色，则说明该产品的色牢度不佳，地毯在铺设使用中易出现变色和掉色，而影响地毯在铺设使用中的美观效果。

（2）检测地毯背衬剥离强力，簇绒地毯的背面用胶乳粘有一层网格底布。消费者在挑选该类地毯时，可用手将底布轻轻撕一撕，看看粘接力的程度，如果粘接力不高，底布与毯体就易分离，这样的地毯不耐用。

（3）看外观质量，消费者在挑选地毯时，要查看地毯的毯面是否平整、毯边是否平直、有无瑕疵、油污斑点、色差，避免地毯在铺设使用中出现起鼓、不平等现象，而失去舒适、美观的效果。

◎ 窗帘

窗帘具有遮光、防风、除尘、消声等实用性，不但可以保护隐私，调节光线和室内温度，采用较厚的呢、绒类布料的窗帘，还可吸收噪声，在一定程度上起到遮声防噪的效果。但现代人更看重的是窗帘的色彩、图案等装饰效果。目前市场上的窗帘五花八门，有自然古朴的苇帘、木帘，也有历久弥新的布艺窗帘，以及最近几年出现的"智能化"遥控窗帘等，其中纯棉、亚麻、丝绸、羊毛质地的布艺窗帘价格较高，但不管是何种材质，新颖的款式和图案已成为决定消费者购买窗帘的重要因素。

经过巧妙安排，窗帘可以使狭长的窗户显得宽阔、使宽矮的窗户显得雅致，甚至形状不佳的窗户也可用美观而实用的窗帘加以掩饰。窗帘是家居装饰的"点睛之笔"，无论是温馨浪漫，或朴实或雍容，它都可以轻松实现。

窗帘的种类

（1）布帘、窗纱。布艺窗帘是一种较传统的窗帘，经过了多年的发展，仍是人们所喜爱的窗帘品种之一。通常情况下，布艺窗帘的遮光度不是很好，如有需要，可在布帘后加上遮光布，加上遮光布后，遮光度可达90%以上。布艺窗帘根据其面料、工艺不同可分为：印花布、染色布、色织布、提花布等（图4-37）。

与布艺窗帘布相伴的窗纱不仅给居室增添柔和、温馨、浪漫的氛围，而且具有采光柔和、透气通风的特性，可调节人们的心情，给人一种若

4-37

隐若现的朦胧感。窗纱的面料材质有涤纶、仿真丝、麻或混纺织物等，可根据不同的需要任意搭配（图 4-38）。

（2）卷帘。卷帘由质量优良、稳定性高的珠链式及自动式卷帘轨道系统，搭配多样化防水、防火、遮光、抗菌等多功能性卷帘布料而制成的。其原理是以一块布利用滚轴，把布由顶部卷上，操作容易、方便更换及清洗，将繁琐的传统布帘简明化，是窗帘中最简约的款式。其优点是当卷帘收起时，遮挡窗口的位置较小，所以能让您室内得到更大的空间感。卷帘有手拉和电动，并有多款布料可供选择（图 4-39）。

（3）百叶帘。百叶帘的使用比较广泛，应用在办公场所的比较多。百叶帘按安装方式可分为横式百叶帘和竖式百叶帘；以材质可分为亚麻、铝合金、塑料、木质、竹子、布质等，不同的材质有不同的风格特点，档次和价格高低也不相同。百叶帘的叶片宽窄也不等，从 2 ~ 12cm 都有（图 4-40）。

百页帘的最大特点在于光线可以从不同角度得到任意调节，使室内的自然光富有变化。铝合金百叶帘和塑料百叶帘上还可进行贴画处理，成为室内一道亮靓丽的风景。

（4）垂直帘。垂直帘因其叶片一片片垂直悬挂于轨道上，由此而得名。垂直帘可左右自由调光，达到遮阳目的。根据其材质不同，可分为铝质帘、PVC 帘及人造纤维帘等。其页片可 180 度旋转，随意调节室内光线。收拉自如，既可通风，又能遮阳，集实用性、时代感和艺术感于一体（图 4-41）。

（5）木竹帘。木竹帘给人古朴典雅的感觉，使空间充满书香气息。其收帘方式可选择折叠式（罗马帘）或前卷式，而木竹帘亦可加上不同款式的窗帘来配衬。大多数的木竹帘都会使用防霉剂及清漆处理过，所以不必担心发霉虫蛀问题（图 4-42）。

木竹帘陈设在家居中能显出风格和品位来，它基本不透光但透气性较好，适用于纯自然风格的家居中，木竹帘的用木很讲究，所以价格偏高。

窗帘的应用

作为现代家居的重要布艺用品，窗帘兼具装饰和实用功能，窗帘的形式多种多样，其布料质地也各有不同。不一样布料的窗帘，其实用性和装饰效果相差甚远，因此，选取合适的窗帘布料很关键。

要注重发挥窗帘的功能，不要单纯追求式样的美观。冬天，多层窗帘形成空气层，能有效地阻止室内暖空气和临窗冷空气的对流，有保暖性能。盛夏，采用半悬式窗帘、百叶窗以及具有浓厚地方色彩的竹帘或珠帘，能取得良好的通风效果；在酷日当顶时，关闭窗扉，挂上白色窗帘，可以反射大量的辐射热，保持室内低温，使室内有荫凉宜人之感。

一般小房间的窗帘杆应以简洁，明快的式样为好，而对于大居室，比如客厅和主卧，则宜采用比较大方、气派、做工精致、考究的式样。根据家居装修和窗帘布的主色系搭配不同颜色的窗帘杆，使居室整体色彩美感协调一致，营造一个美丽和谐的窗景。例如，现在大多数人的家居主要以简约风格为主，宜选择节奏明快、线条简单的窗帘杆（图 4-43、图 4-44）。

4-38

4-40

4-39

4-42

4-41

4-43

4-44

4-45

4-46

4-47

在家居装饰中，窗帘必须与窗户密切搭配融合。窗帘的样式是与窗子的外形相适应的，现代居室的窗形一般都是直式或横式的长方形，与之相应的窗帘样式大多为升降式或横拉式窗帘，其中单幅或双幅的横拉式窗帘最为常见。不同功能的窗帘样式也应有所不同。客厅的窗帘可以采用复杂而富于装饰性的样式，卧室则最好便于开合，私密性好（图4-45）；而厨房、卫浴间则需要简洁实用、易于拆洗的式样（图4-46）。成功的窗帘设计能够弥补窗户大小、位置上的不足，甚至通过形状与式样的变化，来引导视线，产生错觉，使低矮的房间显得高大。

有小孩的家庭中，儿童房的装饰讲求明快、活泼，窗帘款式简洁而不单调，窗帘图案、样、式之间的对比较为明显，给人生机盎然的感觉，符合孩子的天性，但注意不能过于激烈和刺眼，否则对孩子来说就是隐性的环境污染（图4-47）。

窗帘的选购

窗帘的挑选是室内装饰中的一个重要环节，窗帘选择的好坏直接影响带室内空间的整体效果。通常情况下，窗帘的选择应把握以下几个方面的原则：

（1）要符合室内的设计风格。因为窗帘的选择，设计风格是第一要求（图4-48）。

4-48

（2）应当考虑居室的整体效果。就一般而言，薄型织物如薄棉布、尼龙绸、薄罗纱、网眼布等制作的窗帘，不仅能透过一定程度的自然光线，同时又可使人在白天的室内有一种隐秘感和安全感。况且，由于这类织物具有质地柔软、轻薄等特点，因此悬挂于窗户之上效果较佳。同时，还要注意与厚型窗帘配合使用，因为厚型窗帘对于形成独特的室内环境及减少外界干扰更有显著的效果。在选购厚型窗帘时，宜选择诸如灯心绒、呢绒、金丝绒和毛麻织物之类材料制作的窗帘比较理想（图4-49）。

（3）根据不同空间的不同使用功能来选择，如保护隐私、利用光线、装饰墙面、隔声等。例如浴室、厨房要选择实用性较强，易洗涤，经得住蒸汽和油脂污染的布料；客厅、餐厅应选择豪华、优美的面料；书房窗帘要透光性能好，明亮，如真丝窗帘（图4-50）；卧室的窗帘要求厚重、温馨、安全，如选背面有遮光涂层的面料（图4-51）。

（4）窗帘的配色主要表现为白色、红色、绿色、黄色和蓝色等。选择花色时，除了根据个人对色彩图案的感觉和喜好外，还要注重与家居的格局和色彩相搭配。一般来讲，夏天宜用冷色窗帘，如白、蓝、绿等，使人感觉清净凉爽；冬天则换用棕、黄、红等暖色调的窗帘，看上去比较温暖亲切。从居室整体协调角度上说，应考虑与墙体、家具、地板等的色泽是否协调。假如家具是深色调的，就应选用较为浅色的窗帘，以免过深的颜色使人产生压抑感。

（5）窗帘的图案同样对室内气氛有很大的影响，清新明快的田园风光则使人心旷神怡，有返璞归真的感觉；颜色艳丽的单纯几何图案以及均衡图案给人以安定、平缓、和谐的感觉，比较适用于现代感较强、墙面洁净的起居室中。儿童居室中则较多的采用有动物变形装饰图案（图4-52）。

4-53

4-54

（6）应考虑窗帘的式样和尺寸。在式样方面，一般小房间的窗帘应以比较简洁的式样为好，以免使空间因为窗帘的繁杂而显得更为窄小。而对于大居室，则宜采用比较大方、气派、精致的式样。窗帘的宽度尺寸，一般以两侧比窗户各宽出 10cm 左右为宜，底部应视窗帘式样而定，短式窗帘也应长于窗台底线 20cm 左右为宜；落地窗帘，一般应距地面 2 ~ 3 厘米（图 4-53）。

（7）根据室内光线的强弱来选择。布料的选择还取决于房间对光线的需求量，光线充足，可以选择薄纱、薄棉或丝质的布料；房间光线过于充足，就应当选择稍厚的羊毛混纺或织锦缎来做窗帘，以抵挡强光照射；如果房间对光线的要求不是十分严格，一般选用素面印花棉质或者麻质布料最好（图 4-54）。

（8）人们常常费心挑选窗帘而忽视了窗帘轨的选择。目前市场上出售的窗帘轨多种多样，多为铝合金材料制成，其强度高、硬度好、寿命长。结构上分为单轨和双轨，造型上以全开放式倒"T"形的简易窗轨和半封闭式内含滑轮的窗轨为主。

无论何种样式，要保证使用安全、启合便利，关键是看材质的厚薄，包括安装码与滑轮，两端封盖的质量，选择表面工艺精致美观，采用先进的喷涂、电泳技术的产品。同时近几年出现的新型材料，可以根据实际需求，选择低噪声或无声的窗轨。

必用材料之乳胶漆

乳胶漆的特性及种类

乳胶漆是以合成树脂乳液涂料为原料，加入颜料、添料及各种辅助剂配制而成的一种水性涂料，是室内装饰装修中最常用的墙面装饰材料（图 4-55、图 4-56）。

（1）遮蔽性：乳胶漆的覆遮性效果比较好、施工时间少。

（2）易清洗性：易清洗性确保了涂面的光泽和色彩的新鲜。

（3）适用性：在施工过程中不会引起出现气泡等状况，使得涂面更光滑。

4-55

4-56

（4）防水功能：很多乳胶漆具有优异的防水功能，防止水渗透墙壁，从而保护墙壁。具有良好的抗碳化、抗菌、耐碱性能。

（5）可弥盖细微裂纹：弹性乳胶漆具有的特殊"弹张"性能，能延伸及弥盖细微裂纹。

乳胶漆与普通油漆不同，它是以水为介质进行稀释和分解，无毒无害，不污染环境，无火灾危险。施工简便，业主可自己动手涂刷。乳胶漆结膜干燥快，施工工期短，节约装饰装修施工成本。高级乳胶漆还可配制各种色彩，随意选择各种光泽，如亚光、高光、无光、丝光、石光等，装饰手法多样，装饰格调清新淡雅，涂饰完成后手感细腻光滑。其价格低廉，经济实惠、维护方便，可任意覆盖涂饰，高档乳胶漆还具有水洗功能，即墙面粘染污渍后使用清水擦洗即可。市场上销售的乳胶漆多为内墙乳胶漆，桶装规格一般为5L、15L、18L3种。

相对而言优质的乳胶漆还具有以下特点（图4-57、图4-58）：

（1）干燥速度快。在25℃时，30分钟内表面即可干燥，120分钟左右就可以完全干燥。

（2）耐碱性好。涂于呈碱性的新抹灰的墙和顶棚及混凝土墙面，不返粘，不易变色。

（3）色彩柔和、漆膜坚硬、观感舒适、颜色附着力强。

（4）允许湿度可达8～10%，可在新施工完的湿墙面上施工，而且不影响水泥继续干燥。

（5）调制方便，易于施工。可以用水稀释，用毛刷或排笔施工，工具用完后可用清水清洗，十分便利。

（6）无毒无害、不污染环境、不引火、使用后墙面不易吸附灰尘。

（7）适应范围广。基层材料是水泥、砖墙、木材、三合土、批灰等都可以进行乳胶漆的涂刷。

乳胶漆的选购

目前市场上乳胶漆的品牌众多、档次各异、品质不同。在挑选时，可按照以下步骤购买：

（1）用鼻子闻：真正环保的乳胶漆应是水性无毒无味的，所以当你闻到刺激性气味或工业香精味，就不能选择。

（2）用眼睛看：放一段时间后，正品乳胶漆的表面会形成厚厚的、有弹性的氧化膜，不易裂；而次品只会形成一层很薄的膜，易碎，具有辛辣气味。

（3）用手感觉：用木棍将乳胶漆拌匀，再用木棍挑起来，优质乳胶漆往下流时会成扇面形。用手指摸，正品乳胶漆应该手感光滑、细腻。

（4）耐擦洗：可将少许涂料刷到水泥墙上，涂层干后用湿抹布擦洗，高品质的乳胶漆耐擦洗性很强，而低档的乳胶漆只擦几下就会出现掉粉、露底的褪色现象。

（5）尽量到重信誉的正规商店或专卖店去购买，购买国内国际知名品牌。选购时认清商品包装上的标识，特别是厂名、厂址、产品标准号、生产日期、有效期及产品使用说明书等。最好选购通过 ISO14001 和 ISO9000 体系认证企业的产品，这些生产企业的产品质量比较稳定。产品应符合《GB18582-2001 室内装饰装修材料内墙涂料中有害物质限量》标准及获得环境认证标志的产品。购买后一定要索取购货发票等有效凭证。

必用材料之石膏板

石膏板的特性及种类

石膏板是以石膏为主要原料，加入纤维、粘结剂、稳定剂，经混炼压制、干燥而成。具有防火、隔声、隔热、轻质、高强、收缩率小等特点，且稳定性好、不老化、防虫蛀、施工简便（图 4-59、图 4-60）。

石膏板主要有以下几个特点：

1）生产能耗低，效率高。生产同等单位的石膏板的能耗比水泥节省78%。且投资少生产能力大，便于大规模生产，国外已经有年生产量可达到4000万平方米以上的生产线。

2）质量轻。用石膏板作隔墙，重量仅为同等厚度砖墙的1/15，砌块墙体的1/10，有利于结构抗震，并可有效减少基础及结构主体造价。

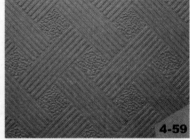

3）保温隔热。由于石膏板的多孔结构，其导热系数为 0.16W/(M. K)，与灰砂砖砌块(1.1W(M. K))相比，其隔热性能具有显著的优势。

4）防火性能好。由于石膏芯本身不燃，且遇火时在释放化合水的过程中会吸收大量的热，延迟周围环境温度的升高，因此，石膏板具有良好的防火阻燃性能。经国家防火检测中心检测，石膏板隔墙耐火极限可达 4 小时。

5）隔声性能好。石膏板隔墙具有独特的空腔结构，大大提高了系统的隔声性能。

4-59

4-60

6）装饰功能好。石膏板表面平整，板与板之间通过接缝处理形成无缝表面，表面可直接进行装饰。

7）可施工性好。仅需裁纸刀便可随意对石膏板进行裁切，施工非常方便，用它做装饰，可以摆脱传统的湿法作业，极大的提高施工效率。

8）居住功能好。由于石膏板具有独特的"呼吸"性能,可在一定范围内调节室内湿度,使居住舒适。

9）绿色环保。纸面石膏板采用天然石膏及纸面作为原材料，决不含对人体有害的石棉（绝大多数的硅酸钙类板材及水泥纤维板均采用石棉作为板材的增强材料）。

10）节省空间。采用石膏板作墙体,墙体厚度最小可达74mm,且可保证墙体的隔声、防火性能。

石膏板基本分为装饰石膏板、纸面石膏板、嵌装式装饰石膏板、耐火纸面石膏板、耐水纸面石膏板和吸声用穿孔石膏板几大类。

1）装饰石膏板。它是以建筑石膏为主要原料。掺入适量增强纤维、胶粘剂等，经搅拌、成型、烘干等工艺而制成的不带护面纸的装饰板材。具有重量轻、强度高、防潮、防火等性能。装饰石膏板为正方形，其棱边断面形状有直角型和倒角型两种，不同形状拼装后装饰效果不同。

根据板材正面形状和防潮性能的不同，装饰石膏板分为普通板和防潮板两类。普通装饰石膏板用于卧室、客厅等空气湿度小的地方，防潮装饰石膏板则可以用于厨房、卫浴间等空气湿度大的地方。

2）纸面石膏板。它是以建筑石膏板为主要原料,掺入适量的纤维与添加剂制成板芯,与特制的护面纸牢固粘连而成。具有重量轻、强度高、耐火、隔声、抗震，便于加工等特点。石膏板的形状以棱边角为特点，使用护面纸包裹石膏板的边角形态有直角边、45°倒角边、半圆边、圆边、梯形边。

3）嵌装式装饰石膏板。它是以建筑石膏为主要原料，掺入适量的纤维增强材料和外加剂，与水一起搅拌成均匀的料浆，经浇注、成型、干燥而成的不带护面纸的板材。板材背面四边加厚，并带有嵌装企口，板材正面为平面、带孔或带浮雕图案。

4）耐火纸面石膏板。它是以建筑石膏为主要原料，掺入适量耐火材料和大量玻璃纤维制成耐火芯材，并与耐火的护面纸牢固地粘连在一起。

5）耐水纸面石膏板。它是以建筑石膏为原料,掺入适量耐水外加剂制成耐水芯材,并与耐水的护面纸牢固地粘连在一起。

6）吸声用穿孔石膏板。它是以装饰石膏板和纸面石膏板为基础板材，并有贯通于石膏板正面和背面的圆柱形孔眼，在石膏板背面粘贴具有透气性的背覆材料和能吸收入射声能的吸声材料等组台而成。吸声用穿孔石膏板的棱边形状有直角形和倒角形两种。

石膏板的应用

不同品种的石膏板应该使用在不同的部位。普通纸面石膏板适用于无特殊要求的部位，例如室内吊顶等；耐水纸面石膏板其板芯和护面纸均经过了防水处理，适用于湿度较高的潮湿场所，像卫浴间、厨房等（图4-61）。

4-61

在家庭装修中，石膏板被大量地应用，居室各空间的顶棚、墙面几乎都可以使用到。如餐厅或客厅的吊顶、装饰墙和软隔墙等，其价格低廉，效果明显，是人们最喜爱的装修材料之一。

石膏板的选购

在选购石膏板时，应注意以下几点：

（1）观察纸面，优质纸面石膏板用的是进口的原木浆纸，纸轻且薄、强度高、表面光滑、无污渍、纤维长、韧性好、而劣质的纸面石膏板用的是再生纸浆生产出来的纸张，较厚重，强度较差，表面粗糙，有时可看见油污斑点，易脆裂。纸面的好坏还直接影响到石膏板表面的装饰性能。优质纸面石膏板表面可直接涂刷涂料，劣质纸面石膏板表面必须做满批腻子后才能做最终装饰。

（2）观察板芯，优质纸面石膏板选用高纯度的石膏矿作为芯体材料的原材料，而劣质的纸面石膏板对原材料的纯度缺乏控制。纯度低的石膏矿中含有大量的有害物质，好的纸面石膏板的板芯白，而差的纸面石膏板板芯发黄（含有黏土）颜色暗淡。

（3）观察纸面粘接，用裁纸刀在石膏板表面划一个45°的"叉"，然后在交叉的地方揭开纸面，优质的纸面石膏板的纸张依然粘接在石膏芯上，石膏芯体没有裸露；而劣质纸面石膏板地纸张则可以撕下大部分甚至全部纸面，石膏芯完全裸露出来。

（4）掂量单位面积重量，相同厚度的纸面石膏板，优质的板材比劣质的一般都要轻。劣质的纸面石膏板大都在设备陈旧工艺落后的工厂中生产出来。通常情况下，石膏板越轻越好，当然是在达到标准强度的前提下。

（5）查看石膏板厂家提供的检测报告应注意，委托检验仅仅对样品负责，有些厂家可以特别生产一批很好的板材去做检测，然而平时生产的产品不一定能够达到要求，所以抽样检测的检测报告才能代表普遍的生产质量。正规的石膏板生产厂家每年都会安排国家权威的质量检测机构赴厂家的仓库进行抽样检测。

必用材料之五金、灯具

◎ 五金配件

门锁

随着社会的不断发展，各项产品的功能越来越具体化。门锁也不再是以往单一的挂锁和撞锁了，每种锁具都有着各自不同的使用功能。按其功能可分为外装门锁（防盗锁）、房门锁、通道锁、浴室锁等（图4-62）。

目前市场上所销售的门锁品种繁多，其颜色、材质、功能都各有不同。常用种类有：

外装门锁、球形锁、执手锁、抽屉锁、玻璃橱窗锁、电子锁、防盗锁、浴室锁、指纹门锁等等，其中以球形锁和执手锁的式样最多。

4-62

在选购门锁时，应注意以下几点：

（1）选择有质量保证的生产厂家生产的名牌锁，同时看门锁的锁体表面是否光洁，有无影响美观的缺陷。

（2）注意选购和门同样开启方向的锁。同时将钥匙插入锁芯孔开启门锁，看是否畅顺、灵活。

（3）注意家门边框的宽窄，球形锁和执手锁能安装的门边框不能小于90厘米。同时旋转门锁执手、旋钮，看其开启是否灵活。

（4）一般门锁适用门厚35～45mm，但有些门锁可延长至50mm。同时查看门锁的锁舌伸出的长度不能过短。

（5）部分执手锁有左右手之分，由门外侧面对门，门铰链在右手处，即为右手门，在左手处，即为左手门。

拉手

拉手是富有变化的，虽然功能是单一的，但却因为外形上的特色让人怦然心动。现在的拉手已经摆脱了过去单纯的不锈钢色，黑色、古铜色、光铬等，目前拉手的材料有锌合金、铜、铝、不锈钢、塑胶、原木、陶瓷等。颜色形状各式各样，目前以直线形的简约风格、粗犷的欧洲风格的铝材拉手比较畅销，长短从35～420mm都有，甚至更长。有的拉手还做成卡通动物模样，近年来，又新推出了水晶拉手、铸铜钛金拉手、镶钻镶石拉手等。目前市场上拉手的进口品牌主要是德国、意大利的（图4-63、图4-64）。

4-63

安装螺丝需由板上打洞，从反面穿过来固定，正面看不见螺丝。经过电镀和静电喷漆的拉手，具有耐磨和防腐蚀作用。

选购时主要是看外观是否有缺陷、电镀光泽如何、手感是否光滑等；要根据自己喜欢的颜色和款式，配合家具的式样和颜色，选一些款式新颖、颜色搭配流行的拉手。此外，拉手还应能承受较大的拉力。

合页

合页的种类很多，针对于门的不同材质、不同开启方法、不同尺寸等会有相对的合页。合页

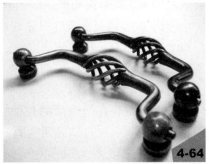

4-64

使用的正确与否决定了这扇门能否正常地使用，合页的大小、宽窄与使用数量的多少同门的重量、材质、门板的宽窄程度有着密切的关系（图4-65）。

（1）普通合页。合页一边固定在框架上，另一边固定在门扇上，转动开启，是目前应用最多的一种合页。

（2）轻型合页。特点与普通合页一样，但合页板比普通合页薄而窄一些，主要是考虑到一些轻型的门窗或家具用普通合页会浪费而开发的产品。

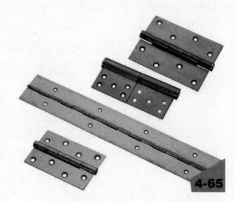

4-65

（3）抽芯合页。抽芯合页的轴心（销子）可以随意抽出。抽出后，门板或窗扇可以取下，但合页板仍保留在门板或窗扇上，便于擦洗或翻新。

（4）方合页。特点与普通合页一样，但合页板比普通合页宽而厚些。原因是一些重型的门窗或家具用普通合页会受力不足造成损坏，而方合页正好可以避免这一情况的发生。

（5）H型合页。H型合页属于抽芯合页的一种，其中松开其中一片合页板可以直接取下。但使用起来不如抽芯合页方便。

（6）T型合页。结构结实，受力大。适用于较宽较种的门板或窗扇。

（7）无声合页。无声合页又称尼龙垫圈合页，门窗开关时，合页本身不发出声音。属于绿色环保一类的合页产品。

（8）多功能合页。当开启角度小于75°时，具有自动关闭功能，在75°～90°角位置时，自行稳定，大于95°的则自动定位。

（9）扇形合页。扇形合页的两个页板叠加起来的厚度比一般合页板的厚度约薄一半左右，适用于任何需要转动启闭的门窗上。

（10）烟斗合页。烟斗合页又叫弹簧铰链，分为脱卸式和非脱卸式两种，它的特点是可根据空间，配合柜门开启角度。主要用于家具门板的连接，材质有镀锌铁、锌合金等。挑选铰链除了目测、手感铰链表面平整顺滑外，应注意铰链弹簧的复位性能要好，可将铰链打开95°，用手将铰链两边用力按压，观察支撑弹簧片不变形、不折断，非常坚固的为质量合格的产品。

（11）其他合页。有纱门弹簧合页、轴承合页（铜质）、斜面脱卸合页、冷库门合页、单旗合页、翻窗合页、防盗合页、弹簧合页、玻璃合页、台面合页、升降合页、液压气动支撑臂、不锈钢滑撑铰链等。

门吸

门吸是安装在门后面的一种小五金件。在门打开以后，通过门吸的磁性稳定住，防止门被风吹后会自动关闭，同时也防止在开门时用力过大而损坏墙体，常用的门吸又叫做"墙吸"（图4-66）。目前市场是还流行一种门吸，称为"地吸"，其平时与地面处于同一个平面，打扫起来很方便；当关门的时候，门上的部分带有磁铁，会把地吸上的铁片吸起来，及时阻止门撞到墙上。

4-66

滑轨道

滑轨道是使用优质铝合金或不锈钢等材料制作而成的，按功能一般分为抽屉轨道、推拉门轨道、窗帘轨道、玻璃滑轮等。如抽屉滑轨由动轨和定轨组成，分别安装与抽斗与柜体内侧两处。新型滚珠抽屉导轨分为二节轨、三节轨两种，选择时外表油漆和电镀的光亮度，承重轮的间隙和强性决定了抽屉开合的灵活和噪声，应挑选耐磨及转动均匀的承重轮（图4-67）。

4-67

开关插座

在室内装饰装修中，开关插座往往被认为是不重要的一个环节，而事实却相反。开关插座虽然是室内装饰装修中很小的一个五金件，但却关系到室内日常生活、工作的安全问题。从装饰功能看，高品质开关的造型、光色、安装位置、功能等组成了其特有的美观性，也就变成了墙身空间中美化的点睛之处。目前市场中的开关插座种类繁多，造型新颖，令人眼花缭乱（图4-68）。

4-68

在选购开关插座时，应注意以下几点：

1）外观：开关的款式、颜色应该与室内的整体风格相吻合。

2）手感：品质好的开关大多使用防弹胶等高级材料制成，防火性能、防潮性能、防撞击性能等都较高，表面光滑。好的开关插座的面板要求无气泡、无划痕、无污迹。开关拨动的手感轻巧而不紧涩，插座的插孔需装有保护门，插头插拔应需要一定的力度并单脚无法插入。

3）重量：铜片是开关插座最重要的部分，具有相当的重量。在购买时应掂量一下单个开关插座，如果是合金或者薄的铜片，手感较轻，同时品质也很难保证。

4）品牌：开关的质量关乎电器的正常使用，甚至生活、工作的安全。低档的开关插座使用时间短，需经常更换。知名品牌会向消费者进行有效承诺，如"质保12年"、"可连续开关10000次"等，所以建议消费者购买知名品牌的开关插座。

由于开关插座相对比较专业，而且平时用的也比较多，很多人在挑选开关插座时，往往被各种各样的专业术语搞的晕头转向，与开关插座相关的常见术语有：

多位开关—几个开关并列，各自控制各自的灯，也叫双联、三联，或一开、四开等。

双控开关—二个开关在不同位置可控制同一盏灯。

夜光开关—开关上带有荧光或微光指示灯，便于夜间寻找位置。

调光开关—可以开关并可通过旋钮调节灯光强弱。

10A—满足家庭内普通电器用电限额。

16A—满足家庭内空调或其他大功率电器。

插座带开关—可以控制插座通断电，也可以单独作为开关使用。

边框、面板—组装式开关插座，可以调换颜色，拆装方便。

白板—用来封蔽墙上预留的查线盒，或弃用的墙孔。

暗盒—安装于墙体内，走线前都要预埋。

146 型—宽是普通开关插座的两倍，如有些四位开关、十孔插座等。

多功能插座—可以兼容老式的圆脚插头、方脚插头等。

专用插座—英式方孔、欧式圆脚、美式电话插座、带接地插座等。

特殊开关—遥控开关、声光控开关、遥感开关等。

信息插座—指电话、电脑、电视插座。

宽频电视插座—（5 ～ 1000MHZ）适应个别小区高频有线电视信号。

TV—FM 插座——功能与电视插座一样，多出的调频广播功能用的很少。

串接式电视插座——电视插座面板后带一路或多路电视信号分配器。

◎ 灯具

吊灯

用于家庭装修的吊灯分为单头和多头两种，按外形结构可分为枝形、花形、圆形、方形、宫灯式、悬垂式等；按构件材质，有金属构件和塑料构件之分；按灯泡性质，可分为白炽灯、荧光灯、小功率蜡烛灯；按大小体积，可分为大型、中型、小型（图 4-69）。

单头吊灯多用于卧室、餐厅，灯罩口朝下，就餐时灯光直接照射于餐桌上，给用餐者带来清晰明亮的视野；多头吊灯适宜装在客厅或大空间的房间里。

吊灯的花样最多，常用的有欧式烛台吊灯、中式吊灯、水晶吊灯、羊皮纸吊灯、时尚吊灯、锥形罩花灯、尖扁罩花灯、束腰罩花灯、五叉圆球吊灯、玉兰罩花灯、橄榄吊灯等。

使用吊灯应注意其上部空间也要有一定的亮度，以缩小上下空间的亮度差别，否则，会使房间显得阴森。吊灯的大小、及灯头数的多少都与房间的大小有关。吊灯一般离顶棚 500 ～ 1000mm，光源中心距离顶棚 750mm 为宜，也可根据具体需要或高或低。如层高低于 2.6m 的居室不宜采用华丽的多头吊灯，不然会给人以沉重、压抑之感，仿佛空间都变得拥挤不堪。

4-69

吸顶灯

灯具安装面与建筑物顶面紧贴的灯具俗称为吸顶灯具。适于在层高较低的空间中安装。光源即灯泡以白炽灯和日光灯为主。以白炽灯为光源的吸顶灯，大多采用乳白色塑料罩、亚克力罩或玻璃罩；以日光灯为光源的吸顶灯多用有机玻璃，金属格片为罩。形状有圆形、方型和椭圆形之分。其中直径在 200mm 左右的吸顶灯适宜在过道、浴室、厨房内使用。直径在 400mm 以上的吸顶灯则可在房间中使用（图 4-70）。

4-70

在选购吸顶灯具时，应注意以下几点：

1）看面罩。目前市场上吸顶灯的面罩多是塑料罩、亚克力罩和玻璃罩。其中最好的是亚克力罩，其特点是柔软，轻便，透光性好，不易被染色，不会与光和热发生化学反应而变黄，而且它的透光性可以达到 90% 以上。

2）看光源。有些厂家为了降低成本，而把灯的色温做高，给人错觉以为灯光很亮，但实际上这种亮会给人的眼睛带来伤害，引起疲劳，从而降低视力。好的光源在间距 1m 的范围内看书，字迹清晰，如果字迹模糊，则说明此光源为"假亮"，是故意提高色温的次品。

色温就是光源颜色的温度，也就是通常所说的"黄光"、"白光"。通常会用一个数值来表示，黄光就是 3300k 以下、白光就是 5300k 以上。

3）看镇流器。所有的吸顶灯都是要有镇流器才能点亮的，镇流器能为光源带来瞬间的启动电压和工作时的稳定电压。镇流器的好坏，直接决定了吸顶灯的寿命和光效。要注意购买大品牌、正规厂家生产的镇流器。

筒灯

筒灯属于点光源嵌入式直射光照方式，一般是将灯具按一定方式嵌入顶棚，并配合室内空间共同组成所要的各种造型，使之成为一个完整的艺术图案。如果顶棚照度要求较高，也可以采用半嵌入式灯具（图 4-71）。还有横插式、明装式等。其中明装式筒灯的随意性很强，可根据照明的需要来进行设计。顶棚、背景墙、床头、玄关等都可以使用明装式筒灯来装饰。

4-71

射灯

射灯是近几年发展起来的新品种，其光线方向性强、光色好、色温一般在 2950K。射灯能创造独特的环境气氛，深得人们尤其是年轻人的青睐，成为装饰材料中的"新潮一族"（图 4-72）。

射灯既能做主体照明，又能做辅助光源，它的光线极具可塑性，可安置在顶棚四周或家具上部，也可置于墙内、踢脚线里，直接将光线照射在需要强调的物体上，起到突出重点、丰富层次的效果。而射灯本身的造型也大多简洁、新潮、现代感强。一般配有各种不同的灯架，可进行高低、左右调节既可独立也可组合，灯头可做不同角度的旋转，还能根据工作面的不同位置任意调节，使用非常方便。其亮度非常高，显色性优，控制配光非常容易。点光、阴影和材质感的表现力非常强，因此它多用于舞台上和展示厅做显示灯，烘托照明气氛。

4-72

壁灯

壁灯是室内装饰灯具，一般多配用乳白色的玻璃灯罩。灯泡功率多在 15 ~ 40W 左右，光线淡雅和谐，可把环境点缀得优雅、富丽、尤以新婚居室特别适合。壁灯的种类和样式较多，一般常见的有吸顶式、变色壁灯、床头壁灯、镜前壁灯等。现代壁灯设计中，由于壁灯特有的形态以及功能，使得其造型夸张、花样繁多、美感十足（图 4-73）。

壁灯安装的位置应略高于站立时人眼的高度。其照明度不宜过大，这样更富有艺术感染力，可在吊灯、吸顶灯为主体照明的居室内作为辅助照明、交替使用，既节省电又可调节室内气氛。

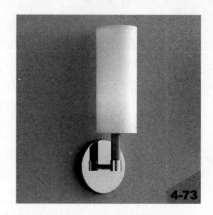
4-73

在装修公司进行实地测量之后,公司会将设计图以及一张详尽的报价表交给业主。业主在拿到这份报价表后,首先要看设计是否符合自己的要求,根据自己的习惯找出设计方案中的不足。然后请设计师来解释这份设计方案,例如一些空间的处理、材料的应用等。仔细考察报价单中每一单项的价格和用量是否合理。有时装饰公司测量的数据和消费者自己测量的会有出入,务必请设计师做出说明。对于那些不能使自己满意的地方,一定要及时提出来,否则花钱买了"鸡肋"就不划算了。另外,请教公正的内行或监理公司也是一种方便快捷的有效方式。

同一个装修方案,不同的装修公司在报价上都会有很大的差别,这是为什么呢?原因在于报价单中有"水分"。要看报价单中是否有"水分",最简单的办法就是查看报价单是否在"价格说明"以外,还有"材料结构和制造安装工艺标准"。以装修中最常见的衣柜制造项目为例,目前市场报价包工包料最高价为每平方米近千元,最低价才几百元。差价有如此之多,其原因就在于制造工艺与使用材料的不同。有的使用合资板,有的使用进口板,在进口板中又分为中国台湾板、马来西亚板和印尼板。此外,夹板中又有夹层板和木芯板之分,两者又有较大的价格差别。如果忽视制造工艺技术标准,没有弄清该衣柜是用9厘、12厘、15厘板结构和使用什么品牌的油漆、油几遍油漆等,又怎么能弄清价格的水分程度呢?

很多装修公司给消费者的预算报价表上,只有简单的项目名称、材料品种、价格和数量,而没有关键的工艺做法。业主必须要求设计师在预算报价表中加入工艺做法,或对预算中每个项目的工艺做法做详细说明。因为具体的施工工艺和工序,直接关系到家庭装修的施工质量和造价。没有工艺做法的预算报价表,有很多的不确定因素,会给今后的施工和验收带来很多后患,更会给少数不正规的装修公司偷工减料、粗制滥造开了"方便之门"。

预算报价表的构成

(1)主材是指在装饰装修施工中按施工面积或单项工程涉及的成品和半成品的材料费,如卫生洁具、厨房内厨具、水槽、热水器、燃气灶、地板、木门、油漆涂料、灯具、墙地砖等。这些费用透明度较高,客户一般和装饰装修公司都能够沟通,大约占整个工程费用的60%~70%。

(2)辅助材料费是指装饰装修施工中所消耗的难以明确计算的材料,如钉子、螺丝、胶水、老粉、水泥、黄砂、木料以及油漆刷子、砂纸、电线、小五金、门铃等。这些材料损耗较多,也难以具体算清,这项费用一般占到整个工程费用的10%~15%。而现在装修公司在给业主装饰装修报价时一般均以成品施工单价报价,不需要业主逐项计算。

（3）人工费是指整个工程中所耗的工人工资，其中包括工人直接施工的工资、工人上交劳动力市场的管理费和临时户口费、工人的医疗费、交通费、劳保用品费以及使用工具的机械消耗费等。这项费用一般占整个工程费用的15%~20%。

（4）设计费是指工程的测量费、方案设计费和施工图纸设计费，一般是整个装饰装修费用的3%~5%左右。设计是一项复杂的脑力劳动，设计师在一幅好作品诞生之前，要付出许多精力，要经过反复推敲。不少业主认为设计只是简单的草图，那是一种误解，有些装饰装修公司为迎合这种想法，打出"免费设计"的广告，实在是一种误导。

（5）管理费是指装饰装修企业在管理中所发生的费用，其中包括利润，如企业业务人员、行政管理人员的工资、企业办公费用、企业房租、水电通讯费、交通费及管理人员的社会保障费用及企业固定资产折，旧费用等。管理费是装饰装修工程的间接费用，它不直接形成家居装饰装修工程的实体，也不归属于某一分部（项）工程，它只能间接地分摊到各个装饰装修工程的费用中，"家庭居室装饰装修工费指导价"中规定：管理费为直接费的5%~10%。

（6）税金是指企业在承接工程业务的经营中向国家所交纳的法定税金，税收是国家财政收入的主要来源。它与其他收入相比具有强制性、固定性与无偿性等特点。按照装饰工程施工的技术经济特点，装饰工程施工企业应向国家缴纳六种税金，即营业税、城市建设维护税、房产税、土地使用税、教育附加费和所得税。其中前五种属于转嫁税，应列入装饰工程费用中，由业主支付。家居装饰装修工程费用中列出的税金便属于转嫁税，"家庭居室装饰装修工费指导价"中规定：税金为不含税工程造价的3.41%。

学会看预算报价表

（1）通过参考预算表里面的人工价格和材料价格进行每个项目的材料和人工价格比较。对不明白的项目可以问清楚，对于预算表里有的项目，装修公司没报价的要问清楚，对于笼统报价的项目要问清楚里面包括哪些内容，对装修公司有的预算表里没有的项目也要问清楚，免得装修公司后来逐渐加价，超过预算。对于有些项目重复的地方审核清楚，比如找平，有的公司可能会厨房找平算一项，然后后面再单独来一项找平，这样就出现了重复收费。对于工程量一定要问清楚，比如防水处理，要弄清楚是哪些面积要做，开封槽40m要弄清楚是哪40m，确认数量是否如此也免得最后增加或者减少出现意外。应尽量使装修工程预算项目清楚，避免有"一项"字眼多次出现，要尽量使工程透明。例如水、电、线、管、折、防水等项目工程量要有个估算量，尽量避免开口预算项目太多，使结算时额度增加。

（2）对于材料一定要主材和辅材分开报，并且每个材料的单价、品牌、规格、等级、用量都应要求装修公司说明清楚分开报价，同一项目材料用不同品牌和用量总价也会不同。对不同项目工程量报价单位要弄清楚，比如大理石就应该按照平方米来报，而不是按照米来报，按米报总价就会增加，确保每个项目的报价单位都合理。在没有出立面图，大样图情况下，项目单价要注明暂定价，待图纸清楚以后再计算价格。

（3）施工工艺和难度不同，同样的项目人工费也不同，需要装修公司对不同项目进行注明，比如贴不同规格的瓷砖人工费是不同的，铲墙铲除涂料层和铲除墙纸层也是不同的。还有墙面乳胶漆施工喷涂、滚涂、刷涂、不同工艺效果，人工费也不同，耗费的面漆用量也不同，这都牵涉到项目整个花费量的多少。比如喷涂效果最好，但人工也比后两者每平方米贵 1.5 元左右，后两者人工相同，而且相对省料，但效果不如前者。

（4）对于某些项目外收费要合理辨析，比如机械磨损费就不应该有，管理费应该适当收取 5%~10%，材料损耗一般在 5%，税金是肯定要收取的。

（5）对于有些产品是厂家包安装和运送上楼的，要从装修公司的人工费和运送费里面扣除，如吊顶、水管、橱柜、地板、门窗、墙纸具等。

如何审核预算报价表

（1）审核图纸要准确。在审核预算前，应该先审核好图纸。一套完整、详细、准确的图纸是预算报价的基础，因为，报价都是依据图纸中具体的面积、尺寸、使用的材料及工艺等情况而制定的，图纸不准确，预算也肯定不准确。

（2）工程项目应齐全。要核定一下预算中所有的工程项目是否齐全，是不是把要做的东西都列在了预算表上，有没有少报了一扇门或漏掉了厨房墙面贴砖和卧室中踢脚线等现象。这些漏掉的项目到了现场施工时，肯定还是要做的，这就免不了要补办增加装修项目的手续，要增加计划之外的又一笔开支。

（3）尺寸标注应一致。审核时，应参照图纸核对预算报价表中各工程项目的具体数量。例如，用图纸上的尺寸计算出铺地砖的面积是 60m²，那么预算报价表应该是 60m² 左右，数据计算应该是相当严谨和准确的，如果按图纸计算的面积是 60m²，而预算报价表是 65m²，这就是明显误差。对于一些单价高的装修项目，往往就会相差上千元钱。

（4）计量单位要合理。注意一下预算报价表中的计量单位。例如，在家具制作上，各装修公司的区别比较大，做大衣柜或书柜，有的公司用延长米，有的用平方米，这时候就要注意了，因为往往按平方米计算的家具无论多高多宽，都按平方米数乘以单价去计算，而用延长米计算的家具是有高度限制的。

（5）材料工艺要写清。装修公司应该告诉业主，所报的这个价格是由什么材料、什么工艺构成的。如果看到这么一项报价，墙面某牌号的漆 40 元 /m²，这显然不够具体，因为一种漆的品牌有很多产品，有内墙漆、外墙漆、木器漆，每种漆又有很多种颜色。还有具体工艺要写清楚，因为不同的操作方法，将直接影响到今后的使用寿命。单就墙面漆来说，各种不同的工艺做法，用料和用工的差别很大：一般涂刷时通常是要加 20%~30% 的水稀释后刷两遍，对有防潮要求的墙面还应该在刷前加一遍底漆；对于墙面基层的处理一般要先刷一遍醇酸清漆封底，然后刮 2~3 遍腻子找平，彻底干燥后才可涂刷乳胶漆。

（6）特殊情况的预算。如大面积的墙面裂缝处理要另行收费，这项收费往往在预算中体,而到现场施工时,根据实际情况才单独提出;再如地砖拼花,有的家庭在铺地砖时喜欢用不同的颜色拼成一定的图案,这笔拼花费用通常也是在结算时才提出来;还有如水路、电路施工时,预算中关于水路、电路的改造费用通常是先预收一小部分,竣工时再按实际情况进行结算。

预算实例1—89.54m²

住宅面积:89.54m²   预算造价:8万元左右   所用建材:以中档建材为主

序号	工程项目名称	主要材料及施工工艺	数量	单位	单价/元	合计/元
客厅、玄关、阳台、餐厅						
1	包入户门套	15mm木芯板底,3mm夹板饰面,5~6cm白木线条饰边,批底灰、打磨,喷饰硝基漆	4.9	m	110	539
2	电视背景墙	用料:大芯板、饰面板、装饰壁纸、玻璃砖、人造石(具体见施工图)	1	项	2200	2200
3	沙发背景墙	用料:石膏板、有色装饰明镜、彩色乳胶漆(具体见施工图)	1	项	950	950
4	纸面石膏板造型吊顶	工程量按投影面积×1.3计算,30mm×40mm木龙骨,9mm纸面石膏板面,石膏灰填缝、细布条封缝(不含批灰、涂料、布线),间距350mm×350mm	19.05	m²	125	2381.25
5	顶面乳胶漆	多乐士美时丽乳胶漆,腻子王刮腻子二至三遍,打磨,单色乳胶漆三遍(调色单价增加:浅色加20%,深色加40%)	25.88	m²	30	776.4
6	墙面乳胶漆	多乐士美时丽乳胶漆,腻子王刮腻子二至三遍,打磨,单色乳胶漆三遍(调色单价增加:浅色加20%,深色加40%)	70.14	m²	30	2104.2

序号	工程项目名称	主要材料及施工工艺	数量	单位	单价/元	合计/元
7	电视柜	15mm木芯板框架结构,内衬饰面板,饰清水漆二遍,3mm夹板饰面,白木线条收口,批底灰、打磨,喷饰硝基白漆,配普通三节滑轨	2.5	m	700	1750
8	电视柜配套茶几	15mm木芯板框架结构,内衬饰面板,饰清水漆二遍,3mm夹板饰面,白木线条收口,批底灰、打磨,喷饰硝基白漆,配普通三节滑轨	1	项	820	820
9	地面铺复合地板	防潮垫,安装地板(含地板、收边条、地角线等)	25.88	m²	135	3493.8
10	玄关隔断	用料:大芯板、饰面板(具体见施工图)	1	项	400	400
11	鞋柜	(30cm厚内.墙外)15mm木芯板框架结构,内衬饰面板,饰清水漆二遍,3mm夹板饰面,白木线条收口,批底灰、打磨,喷饰硝基漆,配合资门铰链(百叶门、凸凹门另加收40元/m²)	0.7	m²	680	476
12	阳台地面铺地砖	人工、辅料(600mm×600mm以内,不含600mm×600mm)	3.07	m²	40	122.8
13	阳台墙面贴砖	人工、辅料	7.71	m²	38	292.98
14	推拉门套	15mm木芯板底,3mm夹板饰面,5~6cm白木线条饰边,批底灰、打磨,喷饰硝基漆。	5.95	m	105	624.75
15	推拉门	15mm木芯板开条/木龙骨框架,3mm夹板饰面,白木线条收口,木格栅镶嵌5mm喷砂白玻,批底灰、打磨,喷饰硝基漆(不含走轨、滑轮)	1	扇	1100	1100

序号	工程项目名称	主要材料及施工工艺	数量	单位	单价/元	合计/元
16	阳台吊顶	30mm×40mm 木龙骨，9mm 纸面石膏板面，石膏灰填缝、细布条封缝（不含批灰、涂料、布线），间距 350mm×350mm	3.07	m²	125	383.75
17	阳台杂物柜（二个）	18 厘板基层，合资九厘背板，内衬合资防火板，防潮人造板柜门，PVC 胶条封边，合资烟斗合页，限四个抽屉/套、普通三节抽屉轨，不含拉手、拉篮五金等（柜门板、台面板不同可据实调差价）	3.88	m²	680	2638.4
18	纸面石膏板造型吊顶（餐厅）	工程量按投影面积×1.3 计算，30mm×40mm 木龙骨，9mm 纸面石膏板面，石膏灰填缝、细布条封缝（不含批灰、涂料、布线），间距 350mm×350mm	4.48	m²	125	560
19	顶面乳胶漆（餐厅）	多乐士美时丽乳胶漆，腻子王刮腻子二至三遍，打磨，单色乳胶漆三遍（调色单价增加：浅色加 20%，深色加 40%）	4.48	m²	30	134.4
20	墙面乳胶漆（餐厅）	多乐士美时丽乳胶漆，腻子王刮腻子二至三遍，打磨，单色乳胶漆三遍（调色单价增加：浅色加 20%，深色加 40%）	11.56	m²	30	346.8
21	地面铺复合地板（餐厅）	防潮垫，安装地板（含地板、收边条、地角线等）	4.48	m²	135	604.8
主卧室、阳台						
1	普通空芯门扇（含门套）	15mm 木芯板开条/木龙骨框架，5mm 板底，3mm 夹板饰面，白木线条收口，批灰、打磨，喷饰硝基漆，配合页两个	1	樘	1250	1250

序号	工程项目名称	主要材料及施工工艺	数量	单位	单价/元	合计/元
2	纸面石膏板造型吊顶	工程量按投影面积×1.3计算，30mm×40mm木龙骨，9mm纸面石膏板面，石膏灰填缝、细布条封缝（不含批灰、涂料、布线），间距350mm×350mm	6.66	m²	125	832.5
3	顶面乳胶漆	多乐士美时丽乳胶漆，腻子王刮腻子二至三遍，打磨，单色乳胶漆三遍（调色单价增加：浅色加20%，深色加40%）	15.78	m²	30	473.4
4	墙面乳胶漆	多乐士美时丽乳胶漆，腻子王刮腻子二至三遍，打磨，单色乳胶漆三遍（调色单价增加：浅色加20%，深色加40%）	41.6	m²	30	1248
5	墙面壁纸装饰	含人工、批荡、底漆，高级墙纸（花色样式自选）	6.71	m²	100	671
6	大衣柜	（60cm内）15mm木芯板框架结构，内衬红榉板饰清水漆二遍,3mm夹板饰面，白木线条收口，批底灰、打磨，喷饰硝基白漆，配合资门铰链，普通三节滑轨，抽屉一个（百叶门、凸凹门另加收40元/m²，加抽屉另收80元/个）	4.4	m²	680	2992
7	地面铺复合地板	防潮垫,安装地板（含地板、收边条、地角线等）	15.78	m²	135	2130.3
8	包窗口	15mm木芯板底，3mm夹板饰面，5~6cm白木线条饰边，批底灰、打磨，喷饰硝基漆。	4.3	m	95	408.5
10	阳台地面铺地砖	人工、辅料（600mm×600mm以内，不含600mm×600mm）	2.06	m²	40	82.4

序号	工程项目名称	主要材料及施工工艺	数量	单位	单价/元	合计/元
11	阳台墙面贴砖	人工、辅料	4.98	m²	38	189.24
12	推拉门套	15mm 木芯板底，3mm 夹板饰面，5~6cm 白木线条饰边，批底灰、打磨，喷饰硝基漆	5.16	m	105	541.8
13	推拉门	15mm 木芯板开条/木龙骨框架，3mm 夹板饰面，白木线条收口，木格栅镶嵌 5mm 喷砂白玻，批底灰、打磨，喷饰硝基漆（不含走轨、滑轮）	1	扇	1100	1100
14	阳台吊顶	30mm×40mm 木龙骨，9mm 纸面石膏板面，石膏灰填缝、细布条封缝（不含批灰、涂料、布线），间距 350mm×350mm	1.88	m²	125	235
15	阳台杂物柜	18 厘板基层，合资九厘背板，内衬合资防火板，防潮人造板柜门，PVC 胶条封边，合资烟斗合页，限四个抽屉/套、普通三节抽屉轨，不含拉手、拉篮五金等（柜门板、台面板不同可据实调差价）	2.94	m²	680	1999.2
次卧室						
1	普通空芯门扇（含门套）	15mm 木芯板开条/木龙骨框架，5mm 板底，3mm 夹板饰面，白木线条收口，批灰、打磨，喷饰硝基漆，配合页两个	1	樘	1250	1250
2	纸面石膏板造型吊顶	工程量按投影面积×1.3 计算，30mm×40mm 木龙骨，9mm 纸面石膏板面，石膏灰填缝、细布条封缝（不含批灰、涂料、布线），间距 350mm×350mm	3.46	m²	125	432.5

序号	工程项目名称	主要材料及施工工艺	数量	单位	单价/元	合计/元
3	顶面乳胶漆	多乐士美时丽乳胶漆，腻子王刮腻子二至三遍，打磨，单色乳胶漆三遍（调色单价增加：浅色加20%，深色加40%）	12.2	m²	30	366
4	墙面乳胶漆	多乐士美时丽乳胶漆，腻子王刮腻子二至三遍，打磨，单色乳胶漆三遍（调色单价增加：浅色加20%，深色加40%）	31.46	m²	30	943.8
5	墙面壁纸装饰	含人工、批荡、底漆，高级墙纸（花色样式自选）	2.88	m²	100	288
6	大衣柜	（60cm内）15mm木芯板框架结构，内衬红榉板饰清水漆二遍，3mm夹板饰面，白木线条收口，批底灰、打磨，喷饰硝基白漆，配合资门铰链，普通三节滑轨，抽屉一个（百叶门、凸凹门另加收40元/m²，加抽屉另收80元/个）	4.4	m²	680	2992
7	地面铺复合地板	防潮垫，安装地板（含地板、收边条、地角线等）	12.2	m²	135	1647
8	包窗口	15mm木芯板底，3mm夹板饰面，5~6cm白木线条饰边，批底灰、打磨，喷饰硝基漆	4.68	m	95	444.6
厨房及阳台						
1	地面铺地砖	人工、辅料（600mm×600mm以内，不含600mm×600mm）	7.25	m²	40	290
2	墙面贴砖	人工、辅料	20.7	m²	38	786.6
3	条扣板吊顶	木龙骨基层，复合塑钢条扣板(0.75cm厚)，配套收边线条，按条扣板的长度折算损耗率×面积计算	7.25	m²	110	797.5

序号	工程项目名称	主要材料及施工工艺	数量	单位	单价/元	合计/元
4	普通空芯门扇（含门套）	15mm 木芯板开条 / 木龙骨框架，5mm 板底，3mm 夹板饰面，白木线条收口，批灰、打磨、喷饰硝基漆，配合页两个	1	樘	1050	1050
5	整体橱柜	进口防火板饰面、人造石台面	4	延米	4200	16800
6	阳台地面铺地砖	人工、辅料（600mm×600mm 以内，不含 600mm×600mm）	1.02	m²	40	40.8
7	阳台墙面贴砖	人工、辅料	2.68	m²	38	101.84
8	阳台条扣板吊顶	木龙骨基层，复合塑钢条扣板(0.75cm 厚)，配套收边线条，按条扣板的长度折算损耗率×面积计算	1.02	m²	110	112.2
9	阳台储粮柜	18 厘板基层，合资九厘背板，内衬合资防火板，防潮人造板柜门，PVC 胶条封边，合资烟斗合页，限四个抽屉 / 套、普通三节抽屉轨，不含拉手、拉篮五金等（柜门板、台面板不同可据实调差价）	2.2	m²	680	1496
主卧卫生间						
1	地面铺地砖	人工、辅料（600mm×600mm 以内，不含 600mm×600mm）	6.19	m²	40	247.6
2	墙面贴砖	人工、辅料	18.74	m²	38	712.12
3	条扣板吊顶	木龙骨基层，复合塑钢条扣板(0.75cm 厚)，配套收边线条，按条扣板的长度折算损耗率×面积计算	6.19	m²	110	680.9

序号	工程项目名称	主要材料及施工工艺	数量	单位	单价/元	合计/元
4	普通空芯门扇（含门套）	15mm 木芯板开条 / 木龙骨框架，5mm 板底，3mm 夹板饰面，白木线条收口，批灰、打磨、喷饰硝基漆，配合页两个	1	樘	1050	1050
5	浴室柜	（高 800mm 以内、厚 500~600mm 有门）15 厘板基层，合资九厘背板，内衬合资防火板，防潮人造板柜门，PVC 胶条封边，合资烟斗合页，限四个抽屉 / 套、普通三节抽屉轨，不含拉手、拉篮五金等。不含石材台面（柜门板不同可据实调差价）	1	套	1500	1500
公共卫生间						
1	地面铺地砖	人工、辅料（600mm×600mm 以内，不含 600mm×600mm）	5.55	m²	40	222
2	墙面贴砖	人工、辅料	14.68	m²	38	557.84
3	PVC 扣板吊顶	30mm×40mm 木龙骨，国产 PVC 扣板，塑料角收边（不含布线）	5.55	m²	110	610.5
4	普通空芯门扇（含门套）	15mm 木芯板开条 / 木龙骨框架，5mm 板底，3mm 夹板饰面，白木线条收口，批灰、打磨、喷饰硝基漆，配合页两个	1	樘	1050	1050
5	浴室柜	（高 800mm 以内、厚 500~600mm 有门）15 厘板基层，合资九厘背板，内衬合资防火板，防潮人造板柜门，PVC 胶条封边，合资烟斗合页，限四个抽屉 / 套、普通三节抽屉轨，不含拉手、拉篮五金等。不含石材台面（柜门板不同可据实调差价）	1	套	1500	1500

序号	工程项目名称	主要材料及施工工艺	数量	单位	单价/元	合计/元
水电工程						
1	进水管改造	PP-R管系列，打槽、入墙，连接。不含水龙头	实际	m	38	0
2	排水管改造	PVC排水管，接头、配件、安装	实际	m	30	0
3	电路工程改造（线管入墙）	免检单芯铜线，照明插座线路2.5mm^2，空调线路4mm^2。标准底盒，不含开关、插座	实际	m	30	0
安装工程						
1	安装插座、开关	人工、辅料	15	个	6	90
2	安装洗面盆（台上）	人工、辅料	2	个	0	0
3	安装不锈钢洗菜盆	人工、辅料	1	个	0	0
4	安装排风扇	人工、辅料	2	个	25	50
5	安装毛巾架	人工、辅料	3	个	20	60
6	安装镜子	人工、辅料	2	个	30	60
7	安装水龙头	人工、辅料	3	个	30	90
8	灯具安装（全居室）	人工、辅料	1	套	500	500
9	洁具、厨具安装（全居室、不含热水器、浴缸及蹲厕）	人工、辅料	1	套	400	400

序号	工程项目名称	主要材料及施工工艺	数量	单位	单价/元	合计/元
运输费用						
1	材料运输费	与业主商议而定	1	项	0	0
2	材料上楼费	材料搬上楼，按建筑面积计，六层以内	1	项	400	400
3	费材下楼费	与业主商议而定	1	项	0	0
4	垃圾运输费	1、从装修点运至小区指定地点。2、含外运费用	1	项	300	300
5	场地清理费	与业主商议而定	1	项	0	0
					合计/元	76772.47
其他费用						
1	工程管理费	总计×3%（不含税金）	1	项	2303.17	2303.17
2	竣工开荒保洁费	全居室	1	项	500	500
3	方案设计费	平面方案、预算	1	套	0	0
4	施工图设计费	平面图、顶面图、各立面图及节点剖面图、水电施工图等	1	套	0	0
5	效果图	单个空间费用	5	张	100	500
					全总计/元	80075.64

预算实例2—129.16m²

住宅面积：129.16m²　　　预算造价：12万元左右　　　所用建材：以中档建材为主

序号	工程项目名称	主要材料及施工工艺	数量	单位	单价/元	合计/元
客厅、玄关、阳台						
1	包入户门套	15mm木芯板底，3mm夹板饰面，5~6cm白木线条饰边，批底灰、打磨，喷饰硝基漆	5.2	m	95	494
2	玄关隔断	用料：大芯板、饰面板、实木雕刻（具体见施工图）	1	项	1100	1100
3	鞋柜	（30cm厚内.墙外）15mm木芯板框架结构，内衬饰面板，饰清水漆二遍,3mm夹板饰面，白木线条收口，批底灰、打磨，喷饰硝基漆，配合资门铰链（百叶门、凸凹门另加收40元/m²）	1.86	m²	720	1339.2
4	电视柜	15mm木芯板框架结构，内衬饰面板，饰清水漆二遍,3mm夹板饰面，白木线条收口，批底灰、打磨，喷饰硝基白漆，配普通三节滑轨	3.5	m	680	2380
5	电视柜配套茶几	15mm木芯板框架结构，内衬饰面板，饰清水漆二遍,3mm夹板饰面，白木线条收口，批底灰、打磨，喷饰硝基白漆，配普通三节滑轨	1	项	500	500
6	电视背景墙	用料：木龙骨、大芯板、石膏板、彩色乳胶漆、雕刻玻璃、实木雕刻（具体见施工图）	1	项	1800	1800
7	沙发背景墙	用料：木龙骨、大芯板、石膏板、彩色乳胶漆（具体见施工图）	1	项	900	900

序号	工程项目名称	主要材料及施工工艺	数量	单位	单价/元	合计/元
8	纸面石膏板造型吊顶	工程量按投影面积×1.3计算，30mm×40mm木龙骨，9mm纸面石膏板面，石膏灰填缝、细布条封缝（不含批灰、涂料、布线），间距350mm×350mm	10.5	m²	130	1365
9	顶面乳胶漆	立邦美得丽乳胶漆，腻子王刮腻子二至三遍，打磨，单色乳胶漆三遍（调色单价增加：浅色加20%，深色加40%）	31.7	m²	30	951
10	墙面乳胶漆	立邦美得丽乳胶漆，腻子王刮腻子二至三遍，打磨，单色乳胶漆三遍（调色单价增加：浅色加20%，深色加40%）	93.6	m²	30	2808
11	地面铺地砖800mm×800mm	仅含人工和辅料，地砖由业主自购	31.7	m²	48	1521.6
12	阳台地面铺地砖	人工、辅料（600mm×600mm以内，不含600mm×600mm）	5.58	m²	45	251.1
13	阳台墙面贴砖	人工、辅料	16.4	m²	40	656
14	推拉门套	15mm木芯板底，3mm夹板饰面，5~6cm白木线条饰边，批底灰、打磨，喷饰硝基漆	4.58	m	95	435.1
15	推拉门	15mm木芯板开条/木龙骨框架，3mm夹板饰面，白木线条收口，木格栅镶嵌5mm喷砂白玻，批底灰、打磨，喷饰硝基漆（不含走轨、滑轮）	1	扇	1150	1150
16	阳台吊顶	30mm×40mm木龙骨，9mm纸面石膏板面，石膏灰填缝、细布条封缝（不含批灰、涂料、布线），间距350mm×350mm	5.58	m²	130	725.4

序号	工程项目名称	主要材料及施工工艺	数量	单位	单价/元	合计/元
17	阳台杂物柜	18厘板基层,合资九厘背板,内衬合资防火板,防潮人造板柜门,PVC胶条封边,合资烟斗合页,限四个抽屉/套、普通三节抽屉轨,不含拉手、拉篮五金等(柜门板、台面板不同可据实调差价)	2.52	m²	600	1512
餐厅						
1	纸面石膏板造型吊顶	工程量按投影面积×1.3计算,30mm×40mm木龙骨,9mm纸面石膏板面,石膏灰填缝、细布条封缝(不含批灰、涂料、布线),间距350mm×350mm	5.34	m²	130	694.2
2	顶面乳胶漆	立邦美得丽乳胶漆,腻子王刮腻子二至三遍,打磨,单色乳胶漆三遍(调色单价增加:浅色加20%,深色加40%)	8.6	m²	30	258
3	墙面乳胶漆	立邦美得丽乳胶漆,腻子王刮腻子二至三遍,打磨,单色乳胶漆三遍(调色单价增加:浅色加20%,深色加40%)	23.4	m²	30	702
4	地面铺地砖800mm×800mm	仅含人工和辅料,地砖由业主自购	8.6	m²	48	412.8
5	包窗套	15mm木芯板底,3mm夹板饰面,5~6cm白木线条饰边,批底灰、打磨,喷饰硝基漆	4.6	m	95	437
6	推拉门套	15mm木芯板底,3mm夹板饰面,5~6cm白木线条饰边,批底灰、打磨,喷饰硝基漆	5.2	m	95	494

序号	工程项目名称	主要材料及施工工艺	数量	单位	单价/元	合计/元
7	推拉门	15mm 木芯板开条／木龙骨框架，3mm 夹板饰面，白木线条收口，木格栅镶嵌 5mm 喷砂白玻，批底灰、打磨，喷饰硝基漆（不含走轨、滑轮）	1	扇	1150	1150
8	装饰柜、酒柜	15mm 木芯板框架结构，内衬饰面板，饰清水漆二遍或局部内贴 5 厘清镜，8~10mm 清玻层板，3mm 夹板饰面，白木线条收口，批底灰、打磨，喷饰硝基漆，配合资门铰链，普通三节滑轨（不包酒杯架；百叶门、凸凹门另加收 40 元 /m²）	3.64	m²	750	2730
主卧室、阳台						
1	普通实芯门扇（含门套）	15mm 木芯板开条／木龙骨框架，5mm 板底，3mm 夹板饰面，白木线条收口，批灰、打磨，喷饰硝基漆，配合页两个	1	樘	1300	1300
2	纸面石膏板造型吊顶	工程量按投影面积 ×1.3 计算，30mm×40mm 木龙骨，9mm 纸面石膏板面，石膏灰填缝、细布条封缝（不含批灰、涂料、布线），间距 350mm×350mm	6.4	m²	130	832
3	顶面乳胶漆	立邦美得丽乳胶漆，腻子王刮腻子二至三遍，打磨，单色乳胶漆三遍（调色单价增加：浅色加 20%，深色加 40%）	16.8	m²	30	504
4	墙面乳胶漆	立邦美得丽乳胶漆，腻子王刮腻子二至三遍，打磨，单色乳胶漆三遍（调色单价增加：浅色加 20%，深色加 40%）	48.8	m²	30	1464

序号	工程项目名称	主要材料及施工工艺	数量	单位	单价/元	合计/元
5	大衣柜	（60cm内）15mm木芯板框架结构，内衬红榉板饰清水漆二遍，3mm夹板饰面，白木线条收口，批底灰、打磨，喷饰硝基白漆，配合资门铰链，普通三节滑轨，抽屉一个（百叶门、凸凹门另加收40元/m²，加抽屉另收80元/个）	4.4	m²	750	3300
6	地面铺复合地板	防潮垫，安装地板(含地板、收边条、地角线等)	16.8	m²	120	2016
7	包窗口	15mm木芯板底，3mm夹板饰面，5~6cm白木线条饰边，批底灰、打磨，喷饰硝基漆	4.3	m	95	408.5
8	靠墙地柜	（高800mm以内、厚500~600mm有门）18厘板基层，合资九厘背板，内衬合资防火板，防潮人造板柜门，PVC胶条封边，合资烟斗合页，限四个抽屉/套、普通三节抽屉轨，不含拉手、拉篮五金等（柜门板、台面板不同可据实调差价）	3.8	m	650	2470
9	梳妆台	（50cm以下宽）15mm木芯板框架结构，内衬饰面板，饰清水漆二遍，3mm夹板饰面，白木线条收口，批底灰、打磨，喷饰硝基漆，普通三节滑轨，装饰明镜	1	项	500	500
10	阳台地面铺地砖	人工、辅料（600mm×600mm以内，不含600mm×600mm）	2.28	m²	45	102.6
11	阳台墙面贴砖	人工、辅料	6.98	m²	40	279.2
12	推拉门套	15mm木芯板底，3mm夹板饰面，5~6cm白木线条饰边，批底灰、打磨，喷饰硝基漆	4.4	m	95	418

序号	工程项目名称	主要材料及施工工艺	数量	单位	单价/元	合计/元
13	推拉门	15mm 木芯板开条/木龙骨框架，3mm 夹板饰面，白木线条收口，木格栅镶嵌 5mm 喷砂白玻，批底灰、打磨,喷饰硝基漆 (不含走轨、滑轮)	1	扇	1150	1150
14	阳台吊顶	30mm×40mm 木龙骨，9mm 纸面石膏板面，石膏灰填缝、细布条封缝（不含批灰、涂料、布线），间距 350mm×350mm	2.28	m²	130	296.4
15	阳台杂物柜	18 厘板基层，合资九厘背板，内衬合资防火板，防潮人造柜门，PVC 胶条封边，合资烟斗合页，限四个抽屉/套、普通三节抽屉轨，不含拉手、拉篮五金等 (柜门板、台面板不同可据实调差价)	1.92	m²	600	1152
次卧室						
1	普通实芯门扇（含门套）	15mm 木芯板开条/木龙骨框架，5mm 板底，3mm 夹板饰面，白木线条收口，批灰、打磨，喷饰硝基漆，配合页两个	1	樘	1300	1300
2	纸面石膏板造型吊顶	工程量按投影面积 ×1.3 计算，30mm×40mm 木龙骨，9mm 纸面石膏板面，石膏灰填缝、细布条封缝（不含批灰、涂料、布线），间距 350mm×350mm	3.67	m²	130	477.1
3	顶面乳胶漆	立邦美得丽乳胶漆，腻子王刮腻子二至三遍，打磨，单色乳胶漆三遍（调色单价增加：浅色加20%，深色加40%）	14.5	m²	30	435
4	墙面乳胶漆	立邦美得丽乳胶漆，腻子王刮腻子二至三遍，打磨，单色乳胶漆三遍（调色单价增加：浅色加20%，深色加40%）	41.8	m²	30	1254

序号	工程项目名称	主要材料及施工工艺	数量	单位	单价/元	合计/元
5	大衣柜	(60cm内)15mm木芯板框架结构,内衬红榉板饰清水漆二遍,3mm夹板饰面,白木线条收口,批底灰、打磨,喷饰硝基白漆,配合资门铰链,普通三节滑轨,抽屉一个(百叶门、凸凹门另加收40元/m²,加抽屉另收80元/个)	4.4	m²	750	3300
6	地面铺复合地板	防潮垫,安装地板(含地板、收边条、地角线等)	14.5	m²	120	1740
7	包窗口	15mm木芯板底,3mm夹板饰面,5~6cm白木线条饰边,批底灰、打磨,喷饰硝基漆	4.73	m	95	449.35
8	靠墙地柜	(高800mm以内、厚500~600mm有门)18厘板基层,合资九厘背板,内衬合资防火板,防潮人造板柜门,PVC胶条封边,合资烟斗合页,限四个抽屉/套、普通三节抽屉轨,不含拉手、拉篮五金等(柜门板、台面板不同可据实调差价)	2.26	m	650	1469
儿童房						
1	普通实芯门扇(含门套)	15mm木芯板开条/木龙骨框架,5mm板底,3mm夹板饰面,白木线条收口,批灰、打磨,喷饰硝基漆,配合页两个	1	樘	1300	1300
2	纸面石膏板造型吊顶	工程量按投影面积×1.3计算,30mm×40mm木龙骨,9mm纸面石膏板面,石膏灰填缝、细布条封缝(不含批灰、涂料、布线),间距350mm×350mm	10.6	m²	130	1378

序号	工程项目名称	主要材料及施工工艺	数量	单位	单价/元	合计/元
3	顶面乳胶漆	立邦美得丽乳胶漆，腻子王刮腻子二至三遍，打磨，单色乳胶漆三遍（调色单价增加：浅色加20%，深色加40%）	10.6	m²	30	318
4	墙面乳胶漆	立邦美得丽乳胶漆，腻子王刮腻子二至三遍，打磨，单色乳胶漆三遍（调色单价增加：浅色加20%，深色加40%）	29.8	m²	30	894
5	墙面壁纸装饰	含人工、批荡、底漆、高级墙纸（花色样式自选）	3.36	m²	125	420
6	大衣柜	（60cm内）15mm木芯板框架结构，内衬红榉板饰清水漆二遍，3mm夹板饰面，白木线条收口，批底灰、打磨，喷饰硝基白漆，配合资门铰链，普通三节滑轨，抽屉一个（百叶门、凸凹门另加收40元/m²，加抽屉另收80元/个）	4.4	m²	750	3300
7	地面铺复合地板	防潮垫，安装地板（含地板、收边条、地角线等）	10.6	m²	120	1272
8	包窗口	15mm木芯板底，3mm夹板饰面，5~6cm白木线条饰边，批底灰、打磨，喷饰硝基漆	4.26	m	95	404.7
9	电脑桌	（50cm以下宽）15mm木芯板框架结构，内衬饰面板，饰清水漆二遍，3mm夹板饰面，白木线条收口，批底灰、打磨，喷饰硝基漆，普通三节滑轨	1	项	800	800

序号	工程项目名称	主要材料及施工工艺	数量	单位	单价/元	合计/元
书房						
1	普通实芯门扇（含门套）	15mm 木芯板开条 / 木龙骨框架，5mm 板底，3mm 夹板饰面，白木线条收口，批灰、打磨，喷饰硝基漆，配合页两个	1	樘	1300	1300
2	纸面石膏板造型吊顶	工程量按投影面积×1.3 计算，30mm×40mm 木龙骨，9mm 纸面石膏板面，石膏灰填缝、细布条封缝（不含批灰、涂料、布线），间距 350mm×350mm	2.6	m²	130	338
3	顶面乳胶漆	立邦美得丽乳胶漆，腻子王刮腻子二至三遍，打磨，单色乳胶漆三遍（调色单价增加：浅色加 20%，深色加 40%）	12.6	m²	30	378
4	墙面乳胶漆	立邦美得丽乳胶漆，腻子王刮腻子二至三遍，打磨，单色乳胶漆三遍（调色单价增加：浅色加 20%，深色加 40%）	36.8	m²	30	1104
5	书柜（30cm 厚，有门）	（30cm 厚，有门）15mm 木芯板框架结构，内衬饰面板，饰清水漆二遍，3mm 夹板饰面，白木线条收口，批底灰、打磨，喷饰硝基漆，配合资门铰链，普通三节滑轨（百叶门、凸凹门另加收 40 元 /m²）	4.2	m²	660	2772
厨房及阳台						
1	地面铺地砖	人工、辅料（600mm×600mm 以内，不含 600mm×600mm）	11.7	m²	45	526.5
2	墙面贴砖	人工、辅料	34.1	m²	40	1364
3	PVC 扣板吊顶	30mm×40mm 木龙骨，国产 PVC 扣板，塑料角收边（不含布线）	11.7	m²	90	1053

序号	工程项目名称	主要材料及施工工艺	数量	单位	单价/元	合计/元
4	普通实芯门扇（含门套）	15mm 木芯板开条 / 木龙骨框架，5mm 板底，3mm 夹板饰面，白木线条收口，批灰、打磨，喷饰硝基漆，配合页两个。	1	樘	1050	1050
5	整体橱柜	进口模压吸塑门板、人造石台面	4.9	延米	5800	28420
6	阳台地面铺地砖	人工、辅料（600mm×600mm 以内，不含 600mm×600mm）	2.48	m²	45	111.6
7	阳台墙面贴砖	人工、辅料	7.16	m²	40	286.4
8	阳台 PVC 扣板吊顶	30mm×40mm 木龙骨，国产 PVC 扣板，塑料角收边（不含布线）	2.48	m²	90	223.2
9	阳台储粮柜	18 厘板基层，合资九厘背板，内衬合资防火板，防潮人造板柜门，PVC 胶条封边，合资烟斗合页，限四个抽屉 / 套，普通三节抽屉轨，不含拉手、拉篮五金等（柜门板、台面板不同可据实调差价）	2.15	m²	600	1290
主卧卫生间						
1	地面铺地砖	人工、辅料（600mm×600mm 以内，不含 600mm×600mm）	7.7	m²	45	346.5
2	墙面贴砖	人工、辅料	21.9	m²	40	876
3	PVC 扣板吊顶	30mm×40mm 木龙骨，国产 PVC 扣板，塑料角收边（不含布线）	7.7	m²	90	693
4	普通实芯门扇（含门套）	15mm 木芯板开条 / 木龙骨框架，5mm 板底，3mm 夹板饰面，白木线条收口，批灰、打磨，喷饰硝基漆，配合页两个	1	樘	1050	1050

序号	工程项目名称	主要材料及施工工艺	数量	单位	单价/元	合计/元
5	浴室柜	（高800mm以内、厚500~600mm有门）15厘板基层，合资九厘背板，内衬合资防火板，防潮人造板柜门，PVC胶条封边，合资烟斗合页，限四个抽屉/套、普通三节抽屉轨，不含拉手、拉篮五金等。不含石材台面（柜门板不同可据实调差价）	1	套	800	800
公共卫生间						
1	地面铺地砖	人工、辅料（600mm×600mm以内，不含600mm×600mm）	7.1	m²	45	319.5
2	墙面贴砖	人工、辅料	20.3	m²	40	812
3	PVC扣板吊顶	30mm×40mm木龙骨，国产PVC扣板，塑料角收边（不含布线）	7.1	m²	90	639
4	普通实芯门扇（含门套）	15mm木芯板开条/木龙骨框架，5mm板底，3mm夹板饰面，白木线条收口，批灰、打磨，喷饰硝基漆，配合页两个	1	樘	1050	1050
5	浴室柜	（高800mm以内、厚500~600mm有门）15厘板基层，合资九厘背板，内衬合资防火板，防潮人造板柜门，PVC胶条封边，合资烟斗合页，限四个抽屉/套、普通三节抽屉轨，不含拉手、拉篮五金等。不含石材台面（柜门板不同可据实调差价）	1	套	800	800
水电工程						
1	进水管改造	PP-R管系列，打槽、入墙、连接。不含水龙头	实际	m	40	0
2	排水管改造	PVC排水管，接头、配件、安装	实际	m	35	0

序号	工程项目名称	主要材料及施工工艺	数量	单位	单价/元	合计/元
3	电路工程改造（线管入墙）	免检单芯铜线，照明插座线路 2.5mm²，空调线路 4mm²。标准底盒，不含开关、插座	实际	m	28	0

安装工程

序号	工程项目名称	主要材料及施工工艺	数量	单位	单价/元	合计/元
1	安装插座、开关	人工、辅料	18	个	6	108
2	安装洗面盆（台上）	人工、辅料	2	个	50	100
3	安装不锈钢洗菜盆	人工、辅料	1	个	50	50
4	安装排风扇	人工、辅料	2	个	20	40
5	安装毛巾架	人工、辅料	1	个	20	20
6	安装镜子	人工、辅料	3	个	30	90
7	安装水龙头	人工、辅料	3	个	20	60
8	灯具安装（全居室）	人工、辅料	1	套	500	500
9	洁具、厨具安装（全居室、不含热水器、浴缸及蹲厕）	人工、辅料	1	套	280	280

运输费用

序号	工程项目名称	主要材料及施工工艺	数量	单位	单价/元	合计/元
1	材料运输费	与业主商议而定	1	项	0	0
2	材料上楼费	材料搬上楼，按建筑面积计，六层以内。	1	项	550	550
3	费材下楼费	与业主商议而定	1	项	0	0
4	垃圾运输费	1.从装修点运至小区指定地点。2.含外运费用。	1	项	450	450

序号	工程项目名称	主要材料及施工工艺	数量	单位	单价/元	合计/元
5	场地清理费	与业主商议而定	1	项	0	0
					合计/元	113320.95
其他费用						
1	工程管理费	总计×5%（不含税金）	1	项	5666.05	5666.05
2	竣工开荒保洁费	全居室	1	项	500	500
3	方案设计费	平面方案、预算	1	套	100	100
4	施工图设计费	平面图、顶面图、各立面图及节点剖面图、水电施工图等	1	套	0	0
5	效果图	单个空间费用	5	张	0	0
					全总计/元	119587